dtv

Bla Bla Bla … das ständige Geplapper seiner Freundin und die nervtötende Dauerbeschallung im Einkaufszentrum werden ihm auf einmal zuviel. Nur noch abhauen will er. Untertauchen in der Anonymität, auf der Suche nach einer neuen Freiheit. Irgendwo in der Peripherie der fremden Stadt mietet er sich deshalb ein karges Zimmer und läßt sich fortan ohne Ziel und Zeiteinteilung vom Großstadtrhythmus treiben. Auf der Straße wird ihm ein Gratishaarschnitt versprochen. Doch die beiden Pfeil-Tattoos über den Schläfen, die ihm die Friseurin zusätzlich macht, gibt's nicht umsonst. Und das im Supermarkt gekaufte Fertiggericht »all'italiana« schmeckt nach Mülldeponie. – Reiche und Arme, Penner und Polizisten, Straßenkids und Berufstätige kreuzen den Weg des jungen Ich-Erzählers, der in die Schattenwelt der Stadt hinabsteigt. Bis zum großen Finale auf dem Rave.

Giuseppe Culicchia, geboren 1965, lebt in Turin und schreibt für verschiedene italienische Tageszeitungen. Sein erster Roman, ›Knapp daneben‹ (1994, dt. 1998), ausgezeichnet mit dem Premio Montblanc sowie dem Premio Grinzane Cavour, wurde in Italien über Nacht zum Bestseller und auch verfilmt. Seine Bücher sind bisher in Deutschland, Spanien, Frankreich, Griechenland und in den Niederlanden erschienen. ›Bla Bla Bla‹ ist Culicchias dritter Roman.

Giuseppe Culicchia

Bla Bla Bla

Roman

Deutsch von Peter Klöss

Deutscher Taschenbuch Verlag

Von Giuseppe Culicchia
sind im Deutschen Taschenbuch Verlag erschienen:
Knapp daneben (12616)
Kommt gut (12617)

für B

Deutsche Erstausgabe
August 2000
Deutscher Taschenbuch Verlag GmbH & Co. KG,
München
www.dtv.de

Titel der italienischen Originalausgabe:
›Bla Bla Bla‹

Umschlagkonzept: Balk & Brumshagen
Umschlagfoto: © Michael Nischke
Satz: KCS GmbH Buchholz/Hamburg
Gesetzt aus der Plantin 10/12˙ (QuarkXPress)
Druck und Bindung: C. H. Beck'sche Buchdruckerei,
Nördlingen
Gedruckt auf säurefreiem, chlorfrei gebleichtem Papier
Printed in Germany · ISBN 3-423-12803-8

Tragedy or comedy?
Probably publicity …

LEFTFIELD-LYDON
LEFTISM,
OPEN UP

1. Kapitel

1.

Bla bla bla und bla bla bla und bla bla bla, löchert mich ihre Stimme, während wir die Kundentoilette des x-ten Einkaufszentrums betreten, eine Rund-um-die-Uhr-Dauerbeschallung, und während ich darauf warte, daß sie wieder zum Vorschein kommt, betrachte ich um mich herum die anderen Männer, Versicherungsagenten, Autohändler, Buchmacher, vielleicht auch Totengräber, Postboten, Heckenschützen, die reglos auf ihre Frauen warten, Versicherungsagentinnen, Autohändlerinnen, Buchmacherinnen, oder auch Totengräberinnen, Postbotinnen, Heckenschützinnen, wer weiß; alle schauen wir kaputt, gelangweilt, müde aus der Wäsche, erwachsene männliche westliche Weiße in den Sommerferien, khaki Polohemd khaki Hose khaki Schuhe, die khaki Tüten der Bekleidungsabteilung in der rechten Hand, die khaki Tüten der Lebensmittelabteilung unterm linken Arm, von klein auf hat man uns darauf abgerichtet, Gleichgültigkeit zur Schau zu tragen, doch mittlerweile inhalieren und exhalieren wir nur noch Hoffnungslosigkeit, wir sind unfähig zu Vitalfunktionen, zucken höchstens zusammen, wenn die ersten Mädchen mit nackten Beinen vorbeilaufen, zwei Zwölfjährige, gar nicht übel, blutrote Lippen spitze Brüste straffe Hintern, und wir denken, inzwischen müßten wir es eigentlich wissen, in neunundneunzig Prozent aller Fälle endet es mit einer Pleite, die letzte, auf die wir reingefallen sind, läßt gerade abtröpfeln, und so ein Zufall, die hundertste kommt nie vorbei, ist nie vorbeigekommen und wird es auch nie tun: Und sobald die falschen Heranwachsenden in der Masse der Produkte verschwunden sind, verfolgen wir deshalb wieder, wie die Jahre aus Edelstahl oder Plastik an unseren Handgelenken vergehen, fast als wäre es normal, so zu tun, als ob nichts wäre, als müßten sich die Zeiger auf ewig im Kreis drehen und wir könnten es uns tatsächlich leisten, regungslos vor irgendwelchen Toilettenräumen herumzustehen, ganz abgesehen davon, daß dies doch unsere Ferien sein sollten, scheißegal, wenn in der Zwischenzeit das Sonnensystem explodiert, wir sind hier, um uns zu erholen und zu amüsieren, ein ganzes Jahr haben wir uns krummgelegt, um uns das zu verdienen, ein ganzes Jahr haben wir Versicherungen abgeschlossen, Autos verkauft, Gewinnquoten festgelegt oder auch Leichen bestattet, Einschreiben ausgehändigt, Passanten getötet, und während wir Katastrophen prophezeit und die anderen unterschrieben haben, während wir Schrott angedreht und die anderen gekauft haben, während wir Quoten für Hunde Pferde Mäuse Fische festgelegt und die anderen darauf gewettet haben, wie oft haben wir uns da vorgestellt, den ganzen Kram hinzuschmeißen, den Sarg vor den Augen der Angehörigen ins Gras fallen zu lassen, die Korrespondenz mit vollen Händen in die Luft zu werfen, das Präzisionsgewehr am Fenster sich selbst zu überlassen, ciao ciao sayonara leckmichamarsch, tschüß drei für zwei, Ampelwarterei abends auf dem Nachhauseweg, mit Streiten verbrachte Sonntage, bellende Hunde, brüllende Nachbarn, plärrende Neugeborene, man bräuchte einfach nur die längste Klositzung der Weltgeschichte auszunutzen, sie kommt nicht raus, der Reigen der Zeiger, der Wegweiser zum Notausgang, plötzlich wird mir bewußt, daß ich verschwinden, meine Spuren verwischen und abhauen könnte, bevor es zu spät ist, NOTAUSGANG NOTAUS-

GANG NOTAUSGANG, ich renne durch Wäsche- und Porzellanabteilung, durch einen Minizoo aus Glas, künstliche Blumen, finde die Treppe, haste hinunter.

2.

Verschwinden: das ist hier so leicht wie in jeder anderen großen Stadt, man beschließt einfach, alles im Hotel zurückzulassen, nimmt irgendeinen Bus, zum Beispiel den 22er, warum nicht, schlägt eine beliebige Richtung ein und läßt die Innenstadt hinter sich. Hinter den Fensterscheiben gleiten die sonnenüberfluteten Straßen vorbei, Taxis Geschäfte Autos Kneipen Passanten, zwei riesige Brüste in einem schwarzen Büstenhalter lächeln mich von einem Werbeplakat an, WORAN DENKST DU, WENN DU DAS SIEHST? steht daneben geschrieben, ÜBERTREIBST DU NICHT EIN BISSCHEN, DU FERKEL? melden sich ein paar Meter weiter die Brustdrüsen noch einmal zu Wort. Sie wird jetzt nach mir suchen, ganz verstört von der Vorstellung, daß sie jetzt ohne Kostüm und Mozzarella dasteht, ich dagegen fühle mich seltsamerweise genauso wie damals mit achtzehn, als ich die Schule abgeschlossen, die Prüfungen hinter mich gebracht, den Sommer vor mir hatte, ohne Pflichten, ohne Termine, alles noch offen, was werde ich in einer Stunde tun, was werde ich heute in einer Woche, einem Monat, einem Jahr erleben?

Langsam schiebt sich der Bus durch die Gallertmasse des Verkehrs, von den Bürgersteigen begegnen mir ein paar Blicke, eine Sekunde lang oder dreißig, doch ein Großteil dieser Pupillen sieht mich nicht, als wäre ich durchsichtig. Für diese durch Sehnerven mit der Großhirnrinde verbundenen Augäpfel existiere ich nicht und werde auch nie existieren; keiner in dieser Stadt weiß von mir, eine antropomorphe Schablone, die von einem Bus spazierengefahren wird, ich könnte irgendwer sein, ein ANSA-Journalist, ein MICROSOFT-Vertreter, ein IRA-Sympathisant, ein CIA-Agent oder halt nur der einmillionste Tourist, Fahrgast im 22er, Fahrt Nr. 889, Fahrschein Nr. 7823, Fahrziel unbekannt, sie ist die einzige, die von mir weiß, und für sie bin ich verschwunden, gegangen, weggeschmolzen. Auf der Lehne des Sitzes neben mir schlägt ein Aufkleber vor: WENN DU VON ZU HAUSE AUSGERISSEN BIST, RUF JEMANDEN AN, DER DICH LIEBT. Mit schwarzem Filzstift hat irgendwer hinzugefügt: JA, SAG IHM NOCH MAL, ER SOLL SICH INS KNIE FICKEN.

3.

Ich habe ein weißes Zimmer gemietet. Weiße Wände, weiße Tür- und Fensterrahmen. Weiß der Kleiderschrank weiß der Stuhl weiß die Lampe auf dem weißen Nachttisch. Die Bettlaken sind weiß. Die Steppdecke darüber ist weiß. Mit weißen Pünktchen. Nur der Fußboden ist nicht weiß, sondern aus hellem Holz, knarrend, abgenutzt: von wem, werde ich nie erfahren. Die metallenen Kleiderbügel hängen nackt und reglos im Schrank. Bevor ich dieses Zimmer ausgesucht habe, habe ich mir andere angesehen. Rote Zimmer, gelbe Zimmer, grüne Zimmer, blaue Zimmer. Mehr als auf die Straße oder den Stadtteil, wo sie lagen, mehr als auf die Erscheinung der Vermieter – faule Zähne, haarige Muttermale, schiefe Augen – oder auf das, was man sehen konnte, wenn man sich aus dem Fenster lehnte, habe ich auf die

Farbe geachtet, in der ich mich nachts hinlegen sollte, um sie am folgenden Morgen beim Aufwachen erneut um mich herum wahrzunehmen. Die Farben der Orte. Die Farben der Orte sind. Die Farben.

Ich weiß nicht, wie lange ich schon auf die weiße Decke des Zimmers starre, das ich gemietet habe. Draußen regnet es. Der Kopf frißt mich auf. Ist das hinter den Fensterscheiben das letzte Gewitter des Sommers? Oder ist es das erste im Herbst? Ständig nähern und entfernen sich Sirenen. Weiße Türen. Weiße Vorhänge. Weiße Wände. Ob es wohl stimmt, daß Katzen alles grau sehen? In eine Ecke geduckt, versuche ich zu miauen. Der weiße, die weiße, das weiße, die weißen. Ich liege auf dem Bett und kann keinen Unterschied zwischen mir und diesen Kleiderbügeln erkennen.

4.

Das Zimmer, das ich gemietet habe, befindet sich im Haus Nummer 72 an einer Straße etwas südlich des Flusses, in einem Stadtteil mit unaussprechlichem Namen. Ich habe es nicht weit von der Busendhaltestelle entfernt entdeckt, wo die Stadt mit einer letzten Zeile Reihenhäuser und einer Kirche zu enden scheint. Dahinter eine unglaubliche Weite mit Bäumen und Wiesen, die unerklärlicherweise dem Beton entgangen ist und in der die Straße und die Autos verschwinden, als würden sie von den Kulissen eines Films oder von der Simulation eines auf die Auflösung des Realen programmierten Rechners verschluckt. Die Vermieterin heißt Uma. Soweit ich mitbekommen habe, verbringt sie die meiste Zeit damit, sich zu schminken, sich zu kämmen und sich bis zu zehnmal am Tag umzuziehen, obwohl sie fast nie aus dem Haus geht und ich sie häufig im Morgenmantel antreffe. Ab und zu überrasche ich sie vor einem Spiegel, in der Diele oder in einem der Badezimmer – sie hat die Angewohnheit, immer alle Türen offenzulassen –, wo sie sich von ihrem blonden Abbild aufsaugen läßt: Das Problem besteht dann darin, ihr nicht in die Falle zu gehen. Wie geht's, Wer sind Sie, Woher kommen Sie, Was machen Sie die ganze Zeit eingeschlossen im Zimmer, selbst am Wochenende.

Ich verlasse das Weiß nur, um in der Kneipe um die Ecke Hühnchen mit Pommes zu essen. Grob gerechnet müßte ich, wenn ich die Ausgaben auf Miete, Essen und das Allernötigste beschränke, mit dem, was ich neulich in der Tasche hatte, drei Monate über die Runden kommen. Oder einen Monat, wenn ich es verprasse. Hätte ich den Angeboten von American Express nachgegeben, müßte ich mir jetzt mit Sicherheit keine Sorgen machen, aber ich habe nie begriffen, warum ich fürs Geldausgeben bezahlen soll, und außerdem würde ich damit Verbindungen zur Vergangenheit aufrechterhalten. Auf jeden Fall werde ich nicht umhin können, mir wenigstens Unterhosen zu besorgen und vielleicht auch Socken, eine Zahnbürste, Zahnpasta, ein Deodorant für die Achseln, die Achseln sind wichtig, ja, und wo wir schon bei den praktischen Dingen sind: Was mache ich, wenn diese drei Monate um sind?

5.

Um den Stadtteil zu verlassen, muß man den Fluß überqueren. Ein großes Schild teilt demjenigen, der über die Brücke geht, mit, daß sie denselben Namen trägt wie das Stadtviertel. Auf den möglichen Wegen zum Fluß stößt man entweder auf eine Kirche, auf die örtliche Niederlassung der Heilsarmee, auf die Grundschule oder auf die Geschäftsstelle der Regierungspartei. Auf jedem dieser Gebäude ist der Name des Stadtteils, in dem sie stehen, angegeben, und wenn man wissen will, wo der eine Stadtteil endet und der nächste anfängt, braucht man nur bis zur nächsten Kirche, zur nächsten Schule, zum nächsten Vereinslokal zu gehen, die fast immer genau gleich aussehen wie die gerade gesehenen, ihrerseits jedoch erkennbar sind dank dem jeweiligen Namen des Stadtteils, der überall angegeben wird, sogar auf den Mülltonnen oder den Briefkästen. In dieser Stadt scheint sich alles verschworen zu haben gegen denjenigen, der sich hoffnungslos verlaufen möchte und weder wissen will, wo er sich befindet, noch, wohin er geht. Wenn ich früher mit dem Auto, dem Zug oder dem Flugzeug auf Reisen ging, war ich oft versucht, die Autobahn an einer zufälligen Ausfahrt zu verlassen, am ersten Bahnhof der Fahrt auszusteigen, auf dem Flughafen im letzten Augenblick ein anderes Flugzeug zu nehmen. Und jetzt, wo mir schließlich etwas in der Art passiert ist, jetzt stehe ich hier mit diesen Tagen ohne Sinn, ohne Ziel, ohne Zeitplan, die so unbestimmt sind, daß ich nicht weiß, wie ich damit umgehen, was ich damit anfangen, was ich erwarten soll, in denen die einzige Gewißheit durch die Evidenz der Orte und ihrer Namen gegeben ist. Wenn die Sonne scheint, gehe ich aus dem Haus und laufe ein Stück. Wenn es regnet, beobachte ich von meinem Fenster aus die wenigen Autos, die ganz seltenen Passanten.

6.

Das Verblüffendste an einem Spaziergang in der abendlichen Dunkelheit ist, daß man durch die Fenster ins Erdgeschoß der Häuser sehen kann, eine Abfolge privater Dias in Lebensgröße, gerahmt von den schwarzen Umrissen der Bäume und Fassaden. Die Fernseher werfen ihr blaues Licht auf die Küchen und Wohnzimmer, auf Sofas, Teppiche, Kühlschränke, Tische, Bilder, Fotografien, Bücher, Nippsachen. Fast nie bekommt man in diesen Räumen einen Menschen zu Gesicht, nur ab und zu ein Bein oder einen Ellbogen, eine Hand, wenn man Glück hat, ganz selten einen halben Kopf. Wenn man abends abseits der beiden Hauptstraßen südlich und westlich des Flusses durch die Straßen des Viertels läuft, hangelt man sich an den gelben Lichtflecken der Laternen entlang durch das Dunkel, ohne jemals jemandem zu begegnen, ohne das leiseste Geräusch zu hören, abgesehen vom fernen Lärm der Flugzeuge oder den eigenen Schritten, die, wenn möglich, noch ferner klingen. Je nach Gegend wechseln die Gegenstände in den Häusern, man muß nicht bis in die Peripherie vordringen, damit einem gewisse Unterschiede auffallen. Die Gärten mit den prächtigen Oleanderbüschen und den regelmäßigen Hecken führen zu riesigen Bücherregalen, Marmorkaminen, vergoldeten Bilderrahmen, die vielleicht aus irgendeinem Antiquitätengeschäft stammen, luxuriöse Überbleibsel aus anderer Leute Leben, deren Andenken niemand mehr bewahrt. Hinter den winzigen, schäbigen Rasenflächen dagegen blühen die kahlen Wände, die Reste von McDonald's-Mahlzeiten, die abgestoßenen Lampen derjenigen, die sich an alles klammern, nur um nicht in den Vorstadtgettos zu landen, zusammen mit den Menschen ohne Zukunft und den letzten Zuwanderern. Nur das blaue Licht ist überall gleich, genau wie in Italien.

7.

Um eins und dann noch mal um acht setze ich mich in die Kneipe, um in Gesellschaft einer spärlichen Kundschaft aus gesunden Trinkern etwas zu essen. Die einzigen Worte, die ich seit einer Woche laut ausspreche, sind die, die ich brauche, um die Speisen zu bestellen und die Rechnung zu verlangen. Kotelett. Salat. Pommes. Bier. Was macht das. Vielen Dank. Auf Wiedersehen. Das ist mehr oder weniger das ganze Vokabular, das es braucht, um in einer großen Stadt mit vielen Millionen Einwohnern zu überleben. Theoretisch könnte man sogar den Klang der eigenen Stimme vergessen, vielleicht ist es ja die Angst davor, die so viele Leute im Auto, zu Hause, im Supermarkt Selbstgespräche führen läßt. Ich frage mich, ob die Irren, die Penner, die Rentner, die immer Einsamen, die, die nie den Mund aufmachen, am Ende nicht sogar den Gebrauch der Stimmbänder verlernen und damit auch einen Teil ihrer Identität verlieren. Kotelett, Salat, Pommes, Bier. Wie viele der Anwesenden haben heute noch andere Wörter ausgesprochen? Im Grunde könnte man auch mit weniger auskommen, mit den Fingern auf die Gerichte deuten und damit alles auslöschen, endgültig. Warum nicht?

8.

Ich sitze auf einer Bank am Fluß und sehe zu, wie das Wasser langsam vorbeifließt. Ich habe mich immer gefragt, was die Leute sehen, die auf den Bänken am Fluß sitzen. In Wirklichkeit passiert nicht besonders viel. Das Wasser des Flusses fließt langsam vorbei. Das Wasser des Flusses fließt langsam vorbei. Das Wasser des Flusses fließt langsam vorbei. Höchstwahrscheinlich verbirgt sich hinter all dem ein tieferer Sinn, irgendeine Wahrheit, die mir entgeht: Während ich darüber nachdenke, gleitet ein großer Vogel vorbei und kackt fast reglos im Flug auf das Wasser. Dieses gerät nicht aus der Ruhe, ein kurzer Spritzer nur, und es fließt wieder langsam vorbei. Ich warte auf den nächsten Vogel oder etwas anderes, doch nichts geschieht. Bänke und Bäume auf der einen Seite. Bänke und Bäume auf der anderen. Dazwischen das Wasser. Das vorbeifließt. Langsam. Nach einer Weile stehe ich auf und mache mich auf den Weg nach Hause.

9.

Heute habe ich entdeckt, daß es in der Stadt eine U-Bahn-Linie ohne Anfang und Ende gibt, auf den Plänen sieht sie aus wie der gelbe Umriß einer umgekippten Wodkaflasche. Das Schöne an der gelben Linie ist, daß sie keine Ausgangs- oder Zielstation hat, ich kann einsteigen und endlos unter der Erde herumfahren, wie eine durchgedrehte Maus im Laborversuch. An einer x-beliebigen Stelle der Stadt steige ich in einen Wagen ein, und nach einer Weile bin ich wieder dort, zusammen mit den anderen Mäusen; Tausende von Versuchskaninchen, die einsteigen und aussteigen, ein jedes mit seinen Gedanken, seiner Geschichte, seinen Körpermerkmalen, blonden grünen orangefarbenen schwarzen, einen Finger in der Nase, ein Glasauge, einen Plastikfuß, Bankangestellte, Flüchtlinge aus Bangladesch, Maurer, Taschendiebe, sitzend oder stehend in einer Apotheose der Gerüche, von Socken bis Mango, wenige Zentimeter oder Minuten voneinander entfernt: Mäuse, die stumm überall-

und nirgendwohin rennen, Tag für Tag, Monat für Monat, Jahr für Jahr, in den Adern der Metropole, mit grauem Blut prall gefüllten grauen Röhren, ACHTEN SIE AUF DIE LÜCKE, verkündet ununterbrochen der Lautsprecher in den Stationen, wo der Bahnsteig zu schmal ist und nicht bis an die Wagen reicht, ACHTEN SIE AUF DIE LÜCKE, einerlei, ob man gerade einsteigt oder aussteigen will, ACHTEN SIE AUF DIE LÜCKE, damit sie einen nicht verschluckt.

10.

Soziale Kontakte könnte ich zum Beispiel durch eine Anstellung haben: Für die große Mehrheit der post-neandertalischen, australopithekischen Primaten, die diese Erde bevölkern, spielen sich inzwischen die einzig möglichen sozialen Kontakte während der Arbeitszeit ab. Guten Tag. Guten Tag. Tu dies. Ich tue dies. Tu das. Ich tue das. Gut so. Das ist mein Verdienst. So geht's aber nicht. Das ist seine Schuld. Paß auf. Ich passe auf. Du könntest deinen Job verlieren. Ich könnte meinen Job verlieren. Du müßtest dein Auto verkaufen. Ich müßte mein Auto verkaufen. Dein Haus. Mein Haus. Deine Kinder. Meine Kinder. Deine Frau. Meine Frau. Deine Geliebte. Meine Geliebte. Auf Wiedersehen. Auf Wiedersehen. TU DIES! TU DAS! GUT SO! SO GEHT'S ABER NICHT! PASS DOCH AUF! DU KÖNNTEST DEINEN JOB VERLIEREN! DEIN AUTO! DEIN HAUS! DEINE KINDER! UND ALLES ANDERE AUCH! Aber mir ist nicht danach, die ganze Leier noch mal mitzumachen, Lebensläufe Vorstellungsgespräche Lächeln Händeschütteln und so weiter, um sich zufrieden und froh kaputt zu schuften. Schließlich bin ich nicht deswegen hier.

11.

Ich wollte Ihnen sagen ... Die Vermieterin hat eine Haarbürste in der einen Hand und eine Kleiderbürste in der anderen und mustert mich aus ihrem Morgenmantel heraus. Ich sehe sie fragend an. Falls Sie die Waschmaschine benutzen möchten ... Mein Blick fällt auf das, was ich anhabe. Seit zehn Tagen oder so habe ich mich nicht mehr umgezogen, ich besitze ja auch nichts anderes. Außerdem bin ich gestern auf der Straße in ein Loch gefallen, die Stadt ist voller Baustellen, und zwei mit Tätowierungen übersäte Arbeiter, die unter der Erde beschäftigt waren, kamen aus der Dunkelheit, um mir hinaufzuhelfen – halb nackt ähnelten sie riesigen Eidechsen, deren Gliedmaßen mit Tinte und Matsch bemalt waren –, wobei sie mich nur noch schmutziger machten. Sie lächelt. Damit Sie kein Geld im Waschsalon ausgeben müssen, präzisiert sie. Äh, danke, morgen vielleicht, antworte ich, während mir bewußt wird, daß ich sie für ihre ungebetene Freundlichkeit hasse. Was will sie von mir? Warum beschäftigt sie sich mit meinem Äußeren? Reicht es ihr nicht, sich um ihr eigenes zu kümmern? Ohne etwas hinzuzufügen, drehe ich mich um und gehe die Treppe hinauf, um mich in mein weißes Zimmer zu retten. Nächsten Montag werde ich ihr die Miete erst dann auf den Küchentisch legen, wenn ich sicher bin, daß sie mir nicht über den Weg läuft, basta. Geht es Ihnen wirklich gut? Ich weiß, daß sie mir von unten nachsieht. Bestens, danke, mir geht's großartig, beruhige ich sie und zwinge mich, nicht zu schreien.

12.

Und außerdem wird es früher oder später kalt werden, ich werde mich irgendwie darauf einstellen müssen: Seit über einer Viertelstunde stehe ich vor winzigen Schaufenstern, in denen gebrauchte Kleidung, Bücher, Möbel und Spielsachen ausgestellt sind, ohne daß ich mich entschließen kann hineinzugehen. Die Stadt ist voll von diesen kleinen Läden, in jedem Stadtteil gibt es mindestens einen, und wenn ich es recht verstanden habe, handelt es sich dabei um die Orte, wo die Reichen das Zeug loswerden, dessen sie überdrüssig geworden sind: Die Leute, die sich keine neuen Sachen mehr leisten können, müssen ziemlich zahlreich und überall vertreten sein; der ausgestellten Ware nach zu schließen – Puppen, Flanellhemden, Stretchhosen, Spazierstöcke, Kinderwagen, sogar ein rosa-weißes Gebiß, das mit den Zähnen knirscht –, sind sie zwischen zwei und achtzig Jahren alt. Hätte ich dieses Kostüm nicht in einen Abfallkorb gesteckt, könnte ich es jetzt vielleicht gegen etwas Nützliches eintauschen. Was mich ärgert und am Eintreten hindert, ist, daß ich mich meiner Wirtin mit neuen, wenn auch gebrauchten Kleidungsstücken präsentieren würde, als hätten mich ihre Worte konditioniert. Vor allem aber ist mir klargeworden, daß, wenn ich in meinem üblen Outfit die Schwelle eines x-beliebigen Seven-Eleven überschreite, um ein Paket Taschentücher oder eine Flasche Mineralwasser zu kaufen, die Typen, die dort arbeiten, zuerst mich ansehen, dann sich, und mir dann auf Schritt und Tritt folgen, aber nicht nur, bis ich bezahlt habe, sondern sogar bis zur Tür und hinaus auf die Straße, als wäre jeder, der in schmutzigen Klamotten durch die Gegend läuft, ein Dieb. Während ich hinter den Scheiben die zweifarbigen Schuhe mit Lochmuster, die alten Wollhandschuhe ohne Finger, die zusammengestückelten Jagdanzüge und die Sammlungen amerikanischer Comics bewundere, bemerke ich, daß das Mädchen hinter der Theke mir zulächelt und auf ein Glas mit heißem Tee deutet. Komm rein, lese ich auf ihren Lippen. Auf den Waren spiegelt sich mein Gesicht, müder Bart, ungekämmter Blick, ich muß wie ein Hungerleider auf sie wirken, denke ich. Nur Mut, bedeutet sie mir. Ohne noch mehr Zeit zu verlieren, renne ich weg, so lange es irgend geht, bis ich mich keuchend über den Asphalt beuge.

13.

Ich laufe, laufe, laufe: Ich verbringe meine Tage damit, schweigend durch unbekannte Stadtteile zu laufen, Märkte, Gebäude, Abfälle, Bäume, und in den Märkten und um die Gebäude herum und über den Abfällen und unter den Bäumen sehe ich Gesichter, Hände, Haare, Beine, unglaublich nah, doch vollkommen unerreichbar, Segmente unerforschten Lebens, fremd, fern, ich weiß nichts über euch, ihr wißt nichts über mich, Kindheit, Neurosen, Aktivitäten, Träume, von uns aus könnten wir auch nicht existieren, und man braucht nur den Inhalt dieser Straßen mit Hong Kong, Mexiko-Stadt, Rio de Janeiro malzunehmen, man kommt sich vor wie Mikrobenscheiße auf einem Riesen-Misthaufen, gegen die junge Blondine, die auf dem Fahrrad dahinfliegt, bin ich nichts als ein Fußgänger, dem man einfach mit einem Schlenker ausweicht, ein paar Meter weiter, und wir werden uns vergessen haben, Reifen Schuhe Jacken Augen Haare verwischte Bilder, im Laufen denke ich: Wenn ich nur all dieses Leben sein könnte, wenn nur all dieses Leben ich sein könnte.

14.

Kennen Sie Ravello? Die Vermieterin überrascht mich in der Küche, während ich gerade in ein Toastbrot beiße. Nein, schlucke ich. Das ist in Italien, bei Neapel, erklärt sie mir. Da bin ich nie gewesen, erwidere ich. Ein zauberhafter Ort: Ich war in demselben Hotel, in dem Virginia Woolf und ihre Freunde gewohnt haben. Blick aufs Meer. Gleißendes Licht. Grelle Farben. Im Sommer findet da ein Festival zu Ehren von Wagner statt, der hat auch mal dort gewohnt. Sie lächelt mich an. Kennen Sie Suvereto? Ich schüttle den Kopf, während ich das, was vom Brot übrig ist, in eine Schublade zurücklege. Das liegt in der Toskana, gegenüber der Insel Elba. Ein wunderbarer Ort: Ich habe in einem Kloster aus dem vierzehnten Jahrhundert übernachtet. Blick auf den Kreuzgang. Berauschender Wein. Grüne Hügel. Im Herbst veranstalten die Leute dort ein phantastisches Wildschweinfest, in dieser Gegend wimmelt es von Wildschweinen, wußten Sie das? Sie läßt mir keine Zeit für eine Antwort. Selbstverständlich war ich auch in Pisa, Lucca, Venedig, Rom, Florenz, Portofino, Capri und Cinque Terre. Aber ich ziehe die ruhigeren, weniger touristischen Orte vor. Ist Ihnen die Isola di Levanzo vor Sizilien ein Begriff, gegenüber Marsala? Das Dorf dort ist so schön, so sinnlich, finden Sie nicht? Ich zögere, unentschlossen, ob ich ihr etwas von unseren schönen Trabantenstädten erzählen oder die Flucht in mein weißes Zimmer versuchen soll. Ich entscheide mich für die zweite Variante, und während ich etwas Unverständliches nuschle, bewege ich mich langsam in Richtung Treppe. Sie folgt mir. Ich muß schon sagen, früher bin ich ganz schön rumgekommen. Asien, Ozeanien, Karibik, Afrika. Aber Italien ist unvergleichlich, das können Sie mir glauben. Ich verschwinde jenseits des Treppenabsatzes und beschleunige. Damals kam ich gut allein zurecht, höre ich sie murmeln. Dann bekomme ich endlich den ersehnten Türgriff zu fassen und schließe mich im Weiß ein.

15.

Um neun Uhr morgens vor einem Spielsalon in einem Stadtteil im Norden wartet eine Reihe alter Frauen darauf, daß jemand die Türen aufsperrt, damit sie hineinstürzen und die Rente verspielen können. BINGO steht in riesigen Lettern auf der Fassade des Gebäudes, das früher einmal ein Art-Déco-Kino und später, nach Kriegsende, vielleicht ein Tanzsaal gewesen sein muß. Jetzt sind die blaßgrünen Wände mit Plakaten beklebt – Pokerkarten, goldene Spielmünzen, einarmige Banditen –, und auf der gegenüberliegenden Straßenseite warten die Ehemänner der Damen darauf, in eines der Pferdewettbüros eingelassen zu werden, die es überall in der Stadt gibt, der Bürgersteig, auf dem sie parken, ist mit den bunten Seiten der Sportzeitung vom Vortag gepflastert. Die Regale des Bäckerladens, vor dem ich stehengeblieben bin, quellen über von allem möglichen Gebäck mit Creme, Zuckerguß oder Sahne. Ich hätte nichts gegen ein Frühstück hier einzuwenden, gestern habe ich nicht zu Abend gegessen, doch das wäre Luxus, besser sparen. Ich entscheide mich für einen Supermarkt ein paar Meter weiter, und während Bingo und Wettbüro für die werte Kundschaft öffnen, erstehe ich ein in Plastikfolie verpacktes Baguette und eine Scheibe Blauschimmelkäse. An der Kasse zahle ich, dann trete ich hinaus in das blasse Etwas, das man in diesen Breiten Sonnenschein nennt. In einer kleinen Grünanlage, schmutzige Bänke, armseliger

Rasen, verlassene Kioske, setze ich mich auf eine Schaukel gegenüber einer Mauer und beginne die Backsteine zu zählen. Heute ist mein Geburtstag. Ich schaukele ein wenig. Ich esse.

16.

Heute nachmittag habe ich ein Bild gesehen. Ich war eine Million Kilometer unter der Erde, ohne zu wissen, wohin ich fahren sollte: Welcher der Hunderte von Namen auf dem U-Bahn-Plan mochte auch nur die geringste Bedeutung haben? Warum den einen auswählen und nicht den anderen? Wozu wohin fahren? Niemand wartete nirgendwo auf mich. Dann hob ich den Kopf und sah auf der gegenüberliegenden Mauer eine andere Karte, das Plakat für eine Gemäldeausstellung, glaube ich, das deformierte Gesicht eines Mannes auf einem gleichfalls deformierten Körper in einem deformierten Raum, Ausdruck, Physiognomie, Züge waren unmöglich auszumachen, als wäre alles im Augenblick der Auflösung festgehalten worden, der Körper kein Körper mehr, das Gesicht kein Gesicht mehr, ein Ort ohne Ort, Verlust, Zerfall. Ich weiß nicht, wie viele Stunden ich auf dieses Plakat gestarrt habe, das sich mit unzähligen anderen Bildern vermischte, SONY AIWA SANYO MITSUBISHI, ein- und ausfahrende Züge, die Fleisch, Knochen, Körperflüssigkeiten, Membranen, Knorpel ausstießen und aufnahmen, und zwischen einem Zug und dem nächsten fielen mir die Worte ein, die ich vor ein paar Tagen auf dem Nachhauseweg auf einem Gebäude gelesen hatte, HILFE! ICH VERSCHWINDE!, schwarzes Spray auf rotem Backstein und Beton statt Temperafarben auf Leinwand, private Leihgabe und so weiter. Erst die Ankunft einer Schar Studenten hat mich veranlaßt, den Ausgang anzusteuern: Im Weggehen begriff ich, daß mich nicht die Stimmen oder das Lachen gestört hatten, sondern das Bewußtsein, daß mittlerweile zu viele Jahre zwischen ihnen und mir lagen, zu viele Jahre.

17.

Eine Milliarde menschliche Bruchstücke im Zentrum, auf der Straße, in den Bussen, in den Geschäften, in den Autos, an eine Ampel gelehnt betrachte ich sie, während der Himmel sich verfinstert und ringsherum bunte Lichter explodieren, Beine Füße Augen Arme wälzen sich fort fort fort von der Arbeit nach Hause, Essen, Sex, Schlafen, traumlose Nächte, immergleiche Wecker, die Neonlampen flackern, Scheinwerfer leuchten auf, das ständige Kommen und Gehen von Sirenen, die Titelseiten der Zeitungen schreien Meldungen über Serienmörder und Atomversuche, Naturkatastrophen und künstliche Brüste heraus, die Arme um die Ampel geschlungen, unter Millionen von Menschen, höre ich keine Stimmen, nur den Lärm von Motoren, Hupen, Reifen, Registrierkassen, Rolltreppen, Zähnen, vor Eile und Zorn knirschenden Zähnen, vor Angst irren Zähnen, Zähnen, die Salatblätter und Leichenteile zerreißen, Zähnen, die beißen durchtrennen schneiden zerstören, was tue ich hier, Blut Sperma Speichel Galle Pisse Scheiße überall in unzulänglichen Körpern in Konfektionskleidung in mit Teppichboden ausgelegten starren Betonschachteln oder mit Benzin oder Gas betriebenen Vehikeln aus Plastik und Metall, Leben, das ständig von einer Schachtel in die nächste wechselt, ohne Unterlaß, bis zum letzten Behälter, dunkles ausgeschlagenes Holz ein paar Meter unter der Erde oder eingezwängt zwischen anderen genau gleichen in bienenstockähnlichen Wänden, und dann nichts mehr, Feierabend, ein unaufhaltsamer Abstieg hin zur vorausgeplanten Zersetzung, auch die Hersteller von Särgen müssen ihre Kostenvoranschläge einhalten, die Neonreklamen rufen rhythmisch unverständliche Worte in der gleichen Sprache wie die unterirdischen Plakate, MAZDA, HONDA, HYUNDAI, NINTENDO, ich habe mich lange mit euch gewälzt, jetzt versuche ich stillzustehen, aber es hat keinen Zweck, die Erde kreist unmerklich um sich selbst, und ich mit ihr, im Leerlauf.

18.

Ich sitze in einem vornehmen Café an dem vornehmen Platz des vornehmen Viertels der Stadt: Marmortischchen, Stühle aus hellem Holz, Jazzmusik im Hintergrund, überall Blumen, wohlriechende Tabake. Vor einer Woche wäre ich hier wegen meiner zunehmend verdreckenden Kleidung nicht reingekommen; tatsächlich entscheidet eine blonde Platzanweiserin im Smoking, wen sie in das Lokal läßt und wen nicht, und je nachdem, ob man essen oder trinken will, zeigt sie einem, wo man sich hinsetzen soll: vorne zum Platz raus, unter die falschen Palmen des Restaurants im Hochparterre oder nach hinten, bei den bestimmt superluxuriösen Klos. Aber gestern habe ich in einer Mülltonne den khakifarbenen Cordanzug gefunden, den ich jetzt anhabe, sieht aus wie neu, nicht mal zerknittert, sogar meine Größe, unbegreiflich, warum jemand den loswerden wollte. Unfähig, einen Wunsch zu äußern, blieb ich eine Weile verunsichert auf der Schwelle stehen, dann hat die Blonde für mich entschieden und mich zum Trinken auf den letzten freien Platz gesetzt, ganz hinten, zwei Meter von der Kanalisation entfernt. Als liefe alles genau nach Plan, erörtert ringsherum die Menge an Tischen und Theke munter und vollkommen gleichgültig gegenüber dem Ende der Welt, das zweifellos näher rückt, das Ziel der nächsten Urlaubsreise. Auf meinem Tisch hat jemand eine Tageszeitung liegengelassen, die Seite mit den Annoncen ist aufgeschlagen. Ich lese: ATTRAKTIVE Karrierefrau, mit Spaß am Vergnügen, sechsunddreißig, blond, blaue Augen, schlank, sucht Freiberufler, der es ehrlich meint. LIEBHABER klassischer Musik, vor allem Bach, Akademiker, Pilot, Löwe, männlich und leidenschaftlich, sucht Frau für Liebe, Leben, Lachen, Lust, für immer. BLONDINE, siebenundzwanzig, attraktiv, mag alles Normale, sucht extrovertierten, amüsanten Mann, um mit ihm ein normales Leben zu teilen, Looser zwecklos. MANN SUCHT RAQUEL WELCH, blendend aussehender Mittvierziger, topfit, finanziell erfolgreich, offen, amüsant, sucht sexy, attraktive, hinreißend schöne Weiße, für Unzucht, Lachen und Zärtlichkeit. FRAU, achtunddreißig, attraktiv, groß, Jüdin, ein Kind, kreative Autorin, warmherzig, sucht großen, liebevollen, sensiblen Mann um die fünfunddreißig, wirtschaftlich unabhängig, für Neuanfang … Dann entdecke ich eine, die größer ist als die anderen, ausschließlich in Großbuchstaben, sicher sündhaft teuer: ITALIENER, PRACHTEXEMPLAR, DREISSIG JAHRE, INTELLIGENT, SENSIBEL, ELOQUENT, UMGÄNGLICH, LEIDENSCHAFTLICH, GUT ERZOGEN, GROSS, SCHLANK, SUCHT WEIBLICHE SYLPHIDE, FASZINIEREND, FRÖHLICH, LEIDENSCHAFTLICH, ZWISCHEN ZWANZIG UND VIERZIG, HAUT-

FARBE, RASSE UND NATIONALITÄT EGAL, FÜR PROVOKANTE, ARKADISCHE BEZIEHUNG. BITTE MIT FOTO, DANKE.

19.

Draußen auf dem Platz warte ich. Durchgeschüttelt vom Wind, die Hände in den Taschen, den Kopf zwischen die Schultern gezwängt. Ich warte auf einen Bus, der mich über den Fluß zurückbringt. Ich warte auf einen Citytransporter nach Ichweißnichtwohin. Ich warte auf irgendwas, das mich von hier wegbringen könnte, weg von mir, weg von alldem.

Über den verlassenen Taxistand wirbelt Laub. Dicht folgen die Autowellen aufeinander. Wie Speichel spuckt der Rachen der U-Bahn zu meiner Rechten Haare und Jacken aus und saugt andere ein, stumm, ohrenbetäubende Schatten. Ich versuche ein paar von den Gesichtern zu erkennen, die einander in den Innenräumen der Autos nachhetzen, aber es gelingt mir nicht. Ich sehe geschlossene oder aufgerissene Lippen, keine Nase, auch keine Ohren, nur Lippen und manchmal Hände, das Lenkrad oder den Kopf umklammernde Hände, die im künstlichen Licht der Schaufenster und Laternen hart wie Prothesen wirken. Drei 11er und ein 49er fahren vorbei, ich stehe still im Wind und warte, mein Gesicht wird von der Abfolge der Busfenster zerlegt und wieder zusammengesetzt, ein Flüssigkristallpuzzle aus meinen Gesichtszügen, haltlos.

20.

Jeden Morgen macht der Postbote vor dem Haus gegenüber Halt, um etwas abzugeben. Oft stellt er seinen großen Jutesack auf den Boden und bleibt stehen, um eine Katze zu streicheln. Ich habe nie gesehen, daß jemand dieses Haus betreten oder verlassen hätte, mit Ausnahme der Katze. Ich verbringe Stunden damit, dieses Haus zu beobachten.

21.

Eine Woche lang habe ich Tag und Nacht am Fenster gestanden. Hinter der Eingangstür jenes Hauses, jenseits des Schlitzes, in den der Postbote die Briefe einwirft, muß sich ein Berg von Papier in Zimmern und Dielen aufgetürmt haben, sich die Treppe hinaufwälzen und die Fensterscheiben durchbrechen, die aller Wahrscheinlichkeit nach auf den Garten hinausgehen, wo die Bäume wachsen, deren Wipfel hinter dem Dachfirst hervorschauen. Meine Augen brennen. Meine Arme schmerzen, und ich habe Krämpfe in den Beinen. Ich habe versucht, so wenig wie möglich zu schlafen, niemals am Tag und nur wenige Minuten in der Nacht. Die Vorstellung, jemand hätte gerade dann diese Schwelle überqueren können, während ich schlief, erschreckt mich, ich darf nicht daran denken.

22.

Heute war ich gezwungen, das Haus zu verlassen: Seit fast drei Tagen hatte ich nichts mehr zu essen. Ich habe den nächsten Laden betreten, in dem ich etwas Eßbares fand, das Spirituosengeschäft an der Straße südlich des Flusses: undenkbar, bis zu einem Supermarkt zu gehen, zu Fuß hätte ich zu lange gebraucht. An der Kasse habe ich ein Sixpack Bier bezahlt, zehn Tüten mit Erdnüssen, fünf mit Chips. Etwas anderes gab es nicht. Als ich zurückkam, schien alles in Ordnung, nur die Katze spazierte lustlos über den Kiesweg vor dem Haus gegenüber. Ich bin die Treppe hochgerannt, ohne der Stimme zu antworten, die mich aus der Küche nach meiner Meinung über Cervinia oder Porto Cervo fragte, ich weiß nicht mehr. Dagegen weiß ich, daß ich im gleichen Moment, als ich ans Fenster trat, eine Hand gesehen habe, die die Nachbarstür schloß und im Bruchteil einer Sekunde wieder verschwand, ohne mir die Zeit zu lassen, festzustellen, zu wem genau sie gehörte, Frau Mann jung oder alt.

23.

Eine Hand. Eine Hand an einem Arm an einem Oberkörper an einem anderen Arm an einer anderen Hand, vermutlich, darüber hinaus mit Beinen und einem Kopf, wenn man eventuelle Verstümmelungen außer acht läßt. Eine Hand. Je länger ich darüber nachdenke, desto unsicherer werde ich, ob ich sie überhaupt gesehen habe. Außerdem, wessen Hand überhaupt? Einen Augenblick zuvor war niemand auf der Straße. Der Träger dieser Gliedmaße muß aus dem

Haus gegangen sein, um gleich darauf wieder hineinzugehen. Warum? Und wenn es sich um eine Trägerin handelte? Ich lasse den Blick nicht mehr von den Fensterscheiben. Ich begreife nicht, warum der, der in diesen vier Wänden wohnt, ein derart zurückgezogenes Leben führt. Es sei denn, es handelt sich um eine Nachbildung meiner Vermieterin. Oder er verbringt sein Leben hinter einem Fenstervorhang im ersten Stock, um zu beobachten, wie ich auf diesem Bett sitze, und sich zu fragen, wie es wohl kommt, daß ich mich seit einer Woche Tag und Nacht hier einschließe, wer ich bin, was ich tue, woher ich komme, ich eigenartiges Exemplar von Mensch weißer Rasse mit Orang-Utan-Diät.

24.

Gerade als ich vor Müdigkeit aufgeben will, mit tausend Nadeln in den Augen, kaputten Gliedern, brennendem Kopf und schmerzendem Rücken, kurz bevor mir die Lider zufallen und ich zwischen die leeren Tüten auf den Boden sinke, geht die Tür des Hauses gegenüber auf. Langsam. Sehr langsam. Langsamer, als jemand in meinem Zustand zu ertragen bereit ist. Irgendwie ertrage ich es, und was geschieht? Jemand, der sich nicht zeigt, wirft ein Fellknäuel zur Tür hinaus und schließt sie dann wieder, fertig. Das Knäuel landet auf dem Rasen, reckt sich wie eine Katze, und wie eine Katze gähnt es auch. Ich sehe genauer hin, es ist wirklich die Katze. Danach tut sich wieder gar nichts, außer in meinem Hirn, wo die Migräne wütet.

25.

Ich gebe auf. Frühmorgens verlasse ich das Haus und komme erst spätabends zurück. Mir wird bewußt, daß ich versucht habe, meinen Tagen einen Sinn zu geben, irgendeinen, nur damit es weitergeht und ich etwas empfinde, dessentwegen ich die Augen öffnen und das Bett verlassen kann. Ohne den allerkleinsten Zweck auszukommen: so möchte ich leben können, obwohl bereits dieser Vorsatz ein zu erreichendes Ziel darstellt und alles zunichte macht, welchen Sinn hätte die Suche nach einem Sinn, wenn es keinen Sinn gibt? Ich betrachte die Menschen um mich herum auf der Straße, ich frage mich, ob jeder einen echten Grund hatte, heute aufzuwachen, oder ob sie gestern abend den Wecker automatisch gestellt haben, ohne darüber nachzudenken, vorgegebenen Rhythmen folgend, die Arbeiter um sechs, die Angestellten um sieben, die Reichen und die Arbeitslosen zusammen, weit nach acht, rechtzeitig zum Golfen oder zum Streiten mit der Frau, die arbeiten geht. Ich laufe mit, gehe auf den Zebrastreifen durch den Verkehr, biege zufällig in unbekannte Straßen ein, ohne zu wissen, wohin ich gehe, ohne zu wissen, wohin sie mich führen, in einer Abfolge von Müllsäcken, Pizzerien, Pornokinos, bis ich auf einem Schild die Aufschrift SACKGASSE lese, ich drehe mich um und bin allein.

26.

Ich streife durch die Cafés: Obwohl es Sommer ist, ist es draußen oft kalt, und ich habe herausgefunden, daß Milch das beste, weil billigste Getränk ist, das mir den längstmöglichen Aufenthalt im Lokal erlaubt, mich wärmt und mir zusammen mit dem Zucker auch ein bißchen Energie schenkt. Versunken in ein Sofa aus blutrotem Kunstleder, beobachte ich die Kellnerinnen, die zwischen Küche und Tischen pendeln, riesige Koteletts servieren, Omelettes, Speck und Tomaten, schwarze Schokoladentortenstücke mit weißer Sahne obendrauf. Um zu sparen, genehmige ich mir solchen Luxus so selten wie möglich. Schade nur, daß das Geld trotzdem weniger wird, ich habe noch nicht darüber nachgedacht, was ich tun werde, wenn es alle ist. Draußen vor dem Café steht ein alter Mann mit langen grauen Haaren mitten auf der Straße. Ab und zu fährt ein Auto vorbei, man hört es hupen, aber er rührt sich nicht von der Stelle, blickt starr geradeaus über die Hochstraße und ihren Verkehr hinweg, über die niedrigen Häuser in diesem Teil der Stadt und die gelbe Schrift, die über die große elektronische Anzeigetafel auf dem Marktplatz flimmert, VORSICHT TASCHENDIEBE ... ACHTEN SIE AUF IHRE GELDBÖRSEN UND IHRE PERSÖNLICHEN WERTSACHEN ... Am Nebentisch skizziert ein junger Mann die Gesichter der Kellnerinnen in ein kleines Heft und verwandelt sie dabei in Spielkartenköniginnen. Ein Stückchen weiter streitet ein Liebespaar. Die Frau hinter der Theke sieht auf die Uhr und schnaubt. Nur der Alte bewegt sich nicht, worauf der bloß wartet?

27.

Unter wüstem Wechseln von Kleidung und Frisur ist die Vermieterin zu einer zwei- bis dreiwöchigen Urlaubsreise aufgebrochen. In ihrer Abwesenheit, hat sie mir aufgeschrieben, habe ich die Erlaubnis, die Küche zu benutzen. In einem Seven-Eleven kaufe ich eine Packung »Pasta al forno all'italiana« mit Auberginen und Fleischsauce. Zur Pasta nehme ich eine Packung Salat sowie Dressing, ebenfalls »all'italiana«. Als ich die dampfende Pasta aus der Mikrowelle hole und probiere, stelle ich fest, daß sie unter der kochendheißen Oberfläche noch vollkommen gefroren ist. Ich werfe sie weg und mache den Salat an, ohne ihn zu waschen. Der Geschmack ist unbeschreiblich, er erinnert an den Geruch von Mülldeponien, vielleicht handelt es sich ja um eine Metapher für Italien, die Packungsaufschrift »all' italiana« bezieht sich weniger auf kulinarische Parameter, sondern ist viel allgemeiner zu verstehen, diese Pasta und dieses Dressing sollten eher in der Reiseführerabteilung verkauft werden als bei den Lebensmitteln. Ich mache den Kühlschrank auf und finde darin nur Mayonnaise und eine Dose mit vorgeriebenem Parmesankäse, beide »all'italiana«. Ich wasche den Salat und esse ihn ohne Dressing, wie eine Ziege.

28.

Ich wandere durch das Haus. Die Treppe rauf und runter, rein in die Schränke und wieder raus, von einem Zimmer ins andere, wieder und wieder durch den Garten. Stundenlang, ohne zu wissen warum, unfähig anzuhalten. Ganz unerwartet halte ich dann an. Unten. Im Wohnzimmer. Erdgeschoß. Vor den Familienfotos, die in ihren Holzrahmen auf dem Kaminsims stehen. Ein junger Mann im Talar lächelt mich aus den Gängen einer Universität an. Meine Wirtin als junge Tennisspielerin lächelt mich mit einem Pokal in den

Händen an. Der Typ im Talar erscheint noch mal auf einem Gruppenfoto, umgeben von weiteren zwanzig oder dreißig Typen in Talar, alle lächeln. Sie und er ein paar Jahre später, in Badekleidung, lächeln mich braungebrannt von einem Strand aus an. Wieder die beiden, ohne Bräune, dafür mit einem Baby, sie lächeln unerschütterlich, während die Kleine plärrt. Die Kleine, aus der ein Mädchen von etwa vier Jahren geworden ist, hat gelernt zu lächeln, weißes Polohemd und Röckchen, in der Hand einen Tennisschläger. Dasselbe Mädchen, ein bißchen älter, lächelt auf einem Gruppenfoto zusammen mit weiteren zwanzig oder dreißig lächelnden Mädchen, wegen der Uniformität der Uniformen ist die Aufnahme ein wenig uniform geraten, dunkle Jacken, weiße Blusen, dunkle Röcke, weiße Strümpfe, Schulkrawatten, Mokassins. Der Typ, der erst den Talar und dann die Badehose trug, lächelt nun in einem Nadelstreifenanzug zusammen mit zwanzig oder dreißig anderen Typen im Nadelstreifenanzug vor dem Börsengebäude. Er und sie, Uma, lächeln Arm in Arm, umgeben von anderen Partygästen, in einer wahren Parade aus Sektgläsern, Smokings und Paillettenkleidern. Immer noch lächelnd, Arm in Arm und wieder mit Sektgläsern in der Hand, lächeln die beiden in Jeans hinter einem Grill im Garten. Ein Hund, wahrscheinlich ihr Hund, lächelt neben ihnen mit einem Tennisball zwischen den Pfoten.

29.

Ich wandere durch das Haus: die Kammer mit der Waschmaschine und dem Wäschetrockner, die Schlafzimmer voller Vorhänge und Spiegel im Obergeschoß, die mit Strohblumen übersäten Badezimmer, das Zimmer der Tochter, dessen Wände mit Fotos von Models tapeziert sind, Treppen, Flure, noch ein Bad, alles gedämpft durch Auslegeware und Teppiche, nicht ein Geräusch, der blaue Himmel draußen vor den Fenstern, der vom Weiß der Wolken zerrissen wird, der Wind im Laub der Bäume, ich, der ich auf dem Fußboden sitze und der Stille lausche.

30.

Ich habe keine Gedanken mehr, ich habe keine Wünsche mehr, keinen Satz in mir, wenn es regnet, sage ich mir nur: es regnet, es regnet, es regnet, es regnet, es regnet, es regnet; ansonsten sehe ich etwas Rotes, einen Briefkasten, ein Gebäude, ein Blumenbeet, und bei mir sage ich fortwährend: rot, rot, rot, rot, rot, rot.

2. Kapitel

1.

Ich spaziere durch die Stadt. Ich atme ein. Ich atme aus. Ich setze einen Fuß vor den anderen. Das wär's. Mir ist nicht viel geblieben. Ich fühle mich wie eine alte, stillgelegte Fabrik, überflüssig und leer. Die Stahlträger, die Mauern, die Fußböden sind noch da, und bestimmt wäre es möglich, das Ganze einer neuen Nutzung zuzuführen, sich von der Schlacke zu befreien und dort, wo einst Autokarosserien gestanzt wurden, Modenschauen, Ballettaufführungen und Festivals zu veranstalten. Aber ich habe die Verwandlungen satt. Ich will nur einatmen, ausatmen, einen Fuß vor den anderen setzen. Versuchen, *niemand* mehr sein zu müssen.

2.

Ich bemerke sie zufällig. Ich begreife nicht, ob jemand sie vergessen hat oder ob ich sie absichtlich finden sollte. Eine Art bunte Visitenkarte. Eingelegt in die Speisekarte des Cafés. Die Reproduktion des Fotos einer nackten jungen Frau. Die Botschaft: HEISSE NEUNZEHNJÄHRIGE, BIS IN DIE NACHT GEÖFFNET. Außerdem die Nummer, unter der man sie anrufen kann, 584 67 21. Ich sehe mich um. Es sieht nicht so aus, als hätten die anderen Gäste, darunter mehrere Frauen, im Verzeichnis der Speisen und Getränke die gefunden, die mich von dem Kärtchen anstarrt, blaue

Augen, eindeutiges Lächeln und – ich muß es zugeben – außergewöhnlicher Busen. Das Lokal scheint über jeden Verdacht erhaben, es muß einem Franzosen gehören, die gesamte Einrichtung ist absolut französisch, vom schwarzen Spülbecken hinter der Theke mit den Aperitifs und dem Plat du jour bis zu den kleinen Schiefertafeln, auf denen Vins blancs, Vins rouges, Bières à la pression angepriesen werden, bis zum Mobiliar aus braunem Leder und hellem Holz, mit anderen Worten ein wirklich einmaliger Ort für diese Gegend, und jene Nummer, 584 67 21, starrt mich von dem bunten Kärtchen an, neben dem Foto des Mädchens, die nichts als ihre großen Brüste anhat und lächelt und aus Versehen zwischen Petit déjeuner und Omelettes gelandet ist. Ich wäge die Sache ab. Es handelt sich um einen Zufall, das ist offensichtlich. Der Mensch, der vor mir hier saß, hat beim Gehen aus irgendeinem Grund die pornographische Visitenkarte vergessen. Ich lasse alles andere außer acht und konzentriere mich auf die Brustwarzen. Ist es das, was ich will? Einen Körper eine Stunde lang mieten wie ein Auto? Eine Kellnerin schwänzelt zwischen den Tischen hindurch und nimmt Bestellungen auf. Ein Angestellter taucht aus der Küche auf. An der Kasse tippt ein Typ mit Krawatte einen Bon nach dem anderen. Auch sie sind gemietet. In Wahrheit möchten wir alle etwas anderes tun, und sei es nur, uns unter den Achseln zu kratzen. Aber nein, acht Stunden am Tag tun wir nichts als Schwänze lutschen, Geld zählen, Sandwiches servieren. Ich hole den Personalausweis aus der Brieftasche. Ich reiße das Foto mit meinem Gesicht heraus. Ich lege es über das der jungen Frau auf der bunten Visitenkarte. Da wäre ich. Stets zu Diensten. Für euch da.

3.

SEI DU SELBST, KLEIDE DICH WIE ICH, lese ich auf einem Taxi, während ich ein Geschäft für Künstlerbedarf betrete. Als Junge habe ich gern gezeichnet. Jetzt könnte ich das nicht mehr. Je mehr Zeit vergeht, desto mehr Dinge gehen einem verloren. Ich werde langsam weise.

Ich kaufe eine Tube Klebstoff, einen Filzstift, eine Schere. Auf der Straße schneide ich sorgfältig mein Gesicht aus und klebe es auf die Visitenkarte. Jetzt habe auch ich plötzlich einen Superkörper, im Grunde habe ich mir das immer gewünscht. Ich streiche die Aufschrift HEISSE NEUNZEHNJÄHRIGE, BIS IN DIE NACHT GEÖFFNET durch und ersetze sie durch SEI DU SELBST, KLEIDE DICH WIE ICH. Dann klebe ich das Ganze an den Pfosten einer Ampel und gehe weiter.

4.

Ich sitze in dem Waschsalon an der Straße, die zum Fluß führt. Auf einer Bank gegenüber den gelben Castor-Waschmaschinen hat jemand eine Zeitschrift liegengelassen. Es ist die Sonntagsbeilage der ›New York Times‹. Auf der Titelseite ist eine Frau abgebildet. Schwarze Striche laufen ihr über das Gesicht. Neben dem Foto steht eine Auflistung: *Blepharoplasty, Brow Lift, Chemical Peel, Rhynoplasty, Mammoplasty, Otoplasty, Rhytidectory, Calf Implants, Brachioplasty, Mastopexy, Phalloplasty, Dermabrasion, Liposuction, Gynecomastic, Buttock Augmentation.* Die Schlagzeile unten auf der Seite lautet: *Effacing Ourselves.* Während ich zusehe, wie meine Unterwäsche sich in der Wäschetrommel dreht, kommt eine junge Frau herein. Sie ist blond, nicht allzu groß, so um die neunzehn Jahre alt. Wieso stehst du nicht mehr am Fenster und beobachtest mein Haus? fragt sie mich, während sie ihre Wäsche in die Maschine neben meiner stopft.

5.

Eva kommt aus Skandinavien. Sie stammt von einer Fischerinsel, die irgendwo im Nordmeer schwimmt, und arbeitet als Au-pair-Mädchen. Besser gesagt, sie sollte als Au-pair arbeiten, denn die Familie, die sie aufnehmen sollte, existiert gar nicht. Sie hat den Haustürschlüssel unter einem Blumentopf versteckt vorgefunden, wie es per Brief für den Fall ausgemacht war, daß sie gerade dann ankommen würde, wenn die Familie, Vater, Mutter und zwei Kinder, fort wäre. Am Sonntag ihrer Ankunft dachte sie, die Familie sei vielleicht über das Wochenende aufs Land gefahren. Bis zwei Uhr nachts hatte sie gewartet, dann war sie am Küchentisch eingeschlafen. Am nächsten Morgen war das Haus immer noch menschenleer. Seit drei Wochen ist Eva hier, allein. Ihre Insel hatte sie noch nie zuvor verlassen.

6.

Wir gehen in das französische Café, obwohl ich keineswegs sicher bin, daß wir in dem gleichen Stadtteil sind, und doch ist das Lokal exakt dasselbe, dieselben Stühle, dieselben Tischchen, dasselbe schwarze Spülbecken hinter der Theke, alles streng französisch, Vins blancs, Vins rouges, Bières à la pression. Was soll's. Nachdem ich überprüft habe, daß sich keine obszönen Angebote in der Speisekarte verbergen, frage ich Eva, warum sie in all den Tagen nie das Haus verlassen hat. Sie wollte erst die Rückkehr der Familie abwarten, erklärt sie mir, sie war überzeugt, daß, wenn sie vorher aus dem Haus gegangen wäre, sie vielleicht angerufen hätten, und dann wäre sie nicht dagewesen. Sie hätten ausgerechnet in diesem Augenblick anrufen können, meint sie ernst. Ich sehe zu, wie sie ihre Schokolade trinkt, graue Augen, honigfarbenes Haar. Irgendwo hat sie gelesen, daß man in Amerika männliche Puppen kaufen und sie auf den Beifahrersitz setzen kann, um Sittenstrolche abzuschrecken, wenn man als Frau alleine Auto fährt. Man müßte, erklärt sie mir, welche erfinden, die von allein laufen können, für Leute, die kein Auto haben und abends auf öffentliche Verkehrsmittel angewiesen sind, oder für die, die um Mitternacht Lust auf einen Spaziergang im Park haben und sich im Dunkeln ins Gras setzen wollen. Ich frage mich, weshalb du glaubst, du könntest mir vertrauen, werfe ich ein. Eine Weile sagt sie nichts, dann lächelt sie mich an, sie weiß es nicht genau, vielleicht weil auch sie ihre Zeit damit verbracht hat, aus dem Fenster zu schauen, und mir hinter dem Vorhang zugesehen hat, wie ich das gleiche tat. Außerdem war im Haus fast nichts Eßbares mehr, und bald wäre sie gezwungen gewesen, trotz allem nach draußen zu gehen. Na ja, sage ich, aber nicht notwendigerweise mit mir. Sie scheint rot zu werden. Dann wendet sie den Blick zur Straße jenseits der Fensterscheiben und sagt nichts mehr.

7.

Das Haus, in dem Eva wohnt, ist eine exakte Kopie von meinem, nur Teppiche und Auslegeware haben eine andere Farbe. Wir verbringen Stunden im Wohnzimmer und sehen fern. Im Video einer Gruppe, die, glaube ich, Orbital heißt, bewegt sich eine Frau ruckartig durch die Straßen einer Stadt, während um sie herum alles mit irrsinniger Geschwindigkeit rast, als hätten die Dinge mittlerweile einen Rhythmus, dem man nicht mehr folgen und dem man sich nicht mehr anpassen kann, und eigenartig, manchmal glaube ich wirklich, daß ich etwas in der Art empfinde. Eva sagt, sie habe Angst, daß ihre Gastfamilie im Garten oder unter dem Küchenfußboden begraben liegt. Ich gebe mich der Bilderflut hin und versuche, nicht daran zu denken.

8.

Eva hat mir erzählt, daß es bei ihr zu Hause nur einen einzigen Lebensmittelladen gibt, der aber die meiste Zeit zu hat und wo eine Frau mit abwesendem Gesichtsausdruck zugleich Kassiererin, Lagerverwalterin, Verkäuferin und Inhaberin ist. Die einzige Kneipe ist in Wirklichkeit der Abstellraum eines Bauernhofs und das ganze Jahr über mit Brettern verrammelt, außer in den beiden Sommermonaten, wenn ein paar Dutzend Touristen auf der Insel landen. Ich glaube, als sie hier ankam, hat die Unmenge von Geschäften und Menschen und Restaurants sie geschockt: Wenn wir durch die Stadt streifen, bleibt sie wie in Trance vor jedem Geschäft stehen, aber es ist unmöglich, sie zum Eintreten zu bewegen, ich glaube, sie hat Angst, die Verkäufer könnten sie ansprechen. Nur vor Einkaufszentren fürchtet sie sich nicht, ganze Nachmittage verbringen wir in den großen Kaufhäusern, ohne daß jemand uns beachtet. In einem Pulk Jugendlicher durchstöbert sie befangen die Theken in den Musikabteilungen und kramt bei den unmöglichsten CDs. Ich treibe frei wie eine Qualle durch die bunte Atmosphäre dieser riesigen Löcher voller Plastik, Licht und Töne, während ich endlose, im Nichts schwebende Rampen aus sich bewegenden Stufen rauf- und runterfahre, und jedesmal bleibe ich fasziniert vor dem Cover eines Albums stehen, das von zahllosen Werbewänden ins Unendliche vervielfältigt wird. Darüber hängt etwas, das einem menschlichen Auge ähnelt, aber es könnte auch das Objektiv einer Videokamera sein oder die in ein Haifischmaul geklemmte Mündung eines Maschinengewehrs. Der Hai ist allerdings verschwunden, geblieben sind nur seine Knochen.

9.

Die zweite große Neuheit für Eva neben den Shopping-Centern sind die Zeitschriften. Einen Großteil ihrer Zeit verbringt sie auf dem Sofa und blättert Modezeitschriften durch. Sie interessiert sich sehr für Kleidung. Sie kann nicht begreifen, wieso ich nur einen Anzug besitze. Ich hatte zu viele davon, habe ich ihr erklärt. Irgendwann merkst du plötzlich, daß sie zu nichts nütze sind. Sie denkt, wenn sie sich auf eine bestimmte Art kleiden würde, gäbe ihr das ein Gefühl für sich selbst. Inwiefern, habe ich sie gefragt. Das könne sie mir nicht genau erklären, aber die Dinge verhielten sich mehr oder weniger so, obwohl sie zugeben müsse, daß sie nicht ganz sicher sei.

10.

Eva hat die Angst, Läden zu betreten, überwunden. Im ersten hat sie ein Paar Schuhe gekauft. Im zweiten ein T-Shirt. Im dritten eine Bluse. Im vierten eine Hose. Im fünften eine Sonnenbrille und noch ein T-Shirt. Im sechsten eine Baseballjacke und einen Minirock. Sie probierte immer neue Größen und Farben an, und ich mußte meine Meinung über jedes einzelne Kleidungsstück äußern. Während ich auf ihre Fragen antwortete – Steht mir das? Steht mir das besser? Was hältst du von dem? Und von dem? –, fragte ich mich wiederholt, wer mich dazu zwang: Warum mußte ich dort mit ihr sein? Aber mir fiel kein anderer Ort ein, wo ich wirklich sein wollte. Ich blieb.

11.

Heute waren wir im ehemaligen Rotlichtviertel, und nachdem Eva ein paar Geschäfte geplündert hatte, setzten wir uns in ein französisches Café, das hundertprozentig dem vorherigen glich, gleiche Stühle, gleiche Tischchen, gleiches schwarzes Spülbecken hinter der Theke, Vins blancs, Vins rouges und so weiter. Inzwischen hege ich ernste Zweifel an der Nationalität des Inhabers, nicht jedoch an der Tatsache, daß es sich bei ihm um einen Monomanen handelt. Eine gute halbe Stunde lang blätterte Eva schweigend in einer Zeitschrift, dann forderte sie mich auf, ich solle ihr beim Essen von mir erzählen. Sieh dich um, habe ich ihr geantwortet, ich bin nur ein Zweibeiner wie alle anderen, die du siehst, die du schon gesehen hast oder die du sehen wirst, eins achtzig groß und siebzig Kilo schwer, Punkt. Bis wir zu

Ende gegessen hatten, haben wir nichts mehr gesagt, dann hat eine Kellnerin uns gefragt, ob wir zufällig etwas zum Nachtisch wollten, und beide riefen wir aus: Nein, danke, das wollen wir nicht. Eva begann wieder in ihrer Zeitschrift zu blättern. Ich beschränkte mich darauf, den Nebentisch zu beobachten, wo zwei Kinder im Alter von sieben oder acht Jahren statt zu sprechen kurze Sequenzen von Gesten und Tönen austauschten. Im ersten Augenblick dachte ich, sie seien taubstumm; doch kurze Zeit später kam ein Herr dazu und gebot ihnen, ruhig zu sein. Ja, Papa, schrien sie als Antwort. Ich begriff, daß diese unbekannte Sprache zu irgendeinem Videospiel gehören mußte, besser gesagt zu einer eigenen Welt, die vielleicht realer war als meine, wer weiß.

12.

Heute hat ein junger Mann, der zwischen einem japanisch-amerikanischen Fünfsternehotel und der Filiale eines deutsch-schweizerischen Bankinstituts auf einer Matratze am Boden kauerte, Eva um etwas Kleingeld gebeten. Sie hat sich entschuldigt und ihm erklärt, sie besitze nur eine Kreditkarte, die zudem nicht mal ihr gehöre. Wie, nicht mal dir gehört, habe ich sie gefragt. So habe ich herausgefunden, wo Eva das Geld herhat, um ein Gefühl für sich selbst zu entwickeln: vom Girokonto ihrer Gastmutter. Die Unterschrift der Dame stand unter dem Brief, den Eva noch in Skandinavien erhalten hatte. Und das kleine Plastikrechteck hatte unter dem Bett gelegen. Ich habe dem Typ die wenigen Münzen gegeben, die ich in der Tasche hatte. Früher oder später muß ich wohl einen Vertrag mit Visa abschließen, hat er gebrummelt und dabei ausgespuckt.

13.

Sie ist mittlerweile full-time in die Welt des Prêt-à-porter eingetaucht. Ich inspiziere das Haus von oben bis unten, Dachboden, Garten, Keller, Garage, ohne auf irgendeine Spur der Familie zu stoßen, die es beherbergen sollte. Alles ist tipptopp in Ordnung, dem Anschein nach fehlt nichts, nicht einmal aus den Badezimmern oder den Kleiderschränken, es sieht wirklich so aus, als wären sie übers Wochenende weggefahren und hätten die feste Absicht gehabt, allerspätestens bis Montag morgen zurück zu sein, um die Kinder rechtzeitig zur Schule zu schicken und zur Arbeit zu gehen. Der Postbote bringt weiterhin nichts außer Zeitungen. Wenn wenigstens ein Paket mit vier Köpfen ankäme, wäre es immerhin möglich, sich eine Erklärung auszumalen, aber beim gegenwärtigen Stand der Dinge ist der Sache nicht auf den Grund zu kommen, sinnlos, darüber nachzudenken. Das Fernsehen überträgt in einem fort Fußballspiele. Ich sehe sie mir an, ohne dem Spielverlauf zu folgen, bei abgestelltem Ton.

14.

In der Nähe eines Parks, in einer überdachten Markthalle, die Ähnlichkeit mit einem Basar hatte, hat Eva sich einen Ring durch die Nase und einen durch den Bauchnabel stechen lassen. Ich glaube nicht, daß sie das tat, um sich originell vorzukommen, denn alle Mädchen hier haben wenigstens einen Ring durch die Nase und einen durch den Bauchnabel. Ich habe gewartet, bis sie aus dieser Art schwarzer Ambulanz herauskam, wo sie zusammen mit zwei

Bikerinnen operiert wurde, die etwas von *Minor Amputation* faselten. Wenn ich recht verstanden habe, läßt man sich dabei ein Stück vom Körper abtrennen, was weiß ich, den kleinen Finger der rechten Hand, um ihn durch eine Prothese zu ersetzen, wahlweise aus Gold oder Silber. Womöglich läuft eine von beiden mit einer Platinklitoris durch die Gegend, und ich werde es nie erfahren. Als Eva und ich aus dem Halbdunkel wieder hinaus auf die sonnenüberflutete Straße traten, sagte ich, daß sie damit wenigstens bei sich zu Hause auffallen würde. Ich will nie wieder einen Fuß auf diese Insel setzen, hörte ich sie sagen, nie wieder.

15.

Der Taxifahrer, der uns um elf Uhr abends in der Peripherie vor der Diskothek rausläßt, die Eva von einer ihrer Zeitschriften empfohlen worden war, rät uns, bis zum folgenden Morgen dort zu bleiben: Auf der Straße einen Nachtbus zu suchen wäre zu gefährlich, und von seinen Kollegen würde uns in dieser Gegend um zwei oder drei Uhr nachts keiner aufsammeln. Wir tanzen in einer Menge schwarzhäutiger Jungs und Mädchen mit perfekten, zuckenden Körpern, ohne zu kapieren, wie wir uns bewegen sollen. Unmöglich, dem hyperschnellen Percussionrhythmus zu folgen, unmöglich, Schritte und Bewegungen zu imitieren, unmöglich, sich hinzusetzen, weder auf den Leopardensofas noch auf den Barhockern ist etwas frei. Stundenlang schwitzen wir auf der Tanzfläche, fast als müßten wir eine Arbeit zu Ende führen, ohne etwas zu sagen, ohne daß jemand etwas zu uns sagt. Die Musikböen fegen alles aus dem Hirn, in diesem Sturm aus Licht und Sound kann man nur die Augen schließen, sich der Dunkelheit überlassen, eine andere Wahl hat man nicht.

16.

Im Morgengrauen schleppen wir uns durch unbekannte Straßen, zwei Kinder rennen plappernd vorbei, schwarze Kleidung, schwarze Schultaschen, schwarze Kopfbedeckungen, sie sprechen eine mir unbekannte Sprache, es muß Jiddisch sein, die glauben an einen Gott, der sicher kommen wird, ich sollte glauben, daß er schon gekommen ist, mein Vater mein Vater warum hast du mich verlassen, soweit ich weiß, waren das seine letzten Worte am Kreuz, tatsächlich aber denke ich nur, daß ich eines Tages für immer verschwinden werde und mit mir alles, was ich getan habe, und alle meine Erinnerungen, als hätte nichts jemals existiert außer in mir, als wäre mit meinem Tod alles zu Ende, denn in gewissem Sinne wird alles einmal zu Ende sein, die Welt, wie ich sie kenne, wird in diesem Augenblick aufhören zu existieren und verlorengehen zusammen mit diesen Kindern, die eben vorbeigerannt sind, morgen könnte ich sie schon vergessen haben, aber das ist bedeutungslos, zwei Sekunden oder eine Trilliarde Jahre gleichen sich und wiegen sich auf, sinnlos, sie speichern zu wollen, Stimmen und Schritte zu filmen, zu fotografieren, aufzuzeichnen, falsche Echos einer Existenz; irgendwann gelangen wir ans Ende einer Steigung, ein Schulbus fährt vorbei, ich bleibe stehen. Ich blicke nach vorn. Ich blicke zurück. Es ist kein Unterschied erkennbar: Die Stadt gleicht sich überall aufs Haar, Häuser, Straßen, Verkehrszeichen, Werbung, Müll. Sonst nichts.

17.

Hast du schon mal das Gefühl gehabt, immer fehl am Platz zu sein? lese ich von Evas Lippen ab, nachdem wir im Stadtzentrum einen Tisch in einem Restaurant ergattert haben, in dem es von höchst vornehmen Leuten nur so wimmelt, wo man sich allerdings für eine Unterhaltung sehr viel weniger vornehm anschreien muß, weil alle brüllend miteinander kommunizieren, so laut, daß nicht nur die eigenen Tischgenossen alles mitbekommen, sondern auch die, die ein paar Kilometer weiter bei den Rauchern sitzen, mit Sätzen Marke: GESTERN HABEN WIR EINE PRIVATE WACHTRUPPE MIT KAMPFHUNDEN EINGESTELLT oder MEIN SOHN IST WÄHREND DER PARTY ZU SEINEM VIERZEHNTEN GEBURTSTAG AN SEINEM ERBROCHENEN ERSTICKT, und Eva sieht mich an und sagt noch einmal, diesmal lauter HAST DU SCHON MAL DAS GEFÜHL GEHABT, IMMER FEHL AM PLATZ ZU SEIN? Ja, möchte ich ihr ins Gesicht brüllen, vor allem jetzt im Moment, wegen des Zettels, auf dem die Speisen aufgelistet sind, wo ich Ausdrücke lese wie »Miso«, »Bak«, »Relish«, doch sie starrt mich fortwährend mit ihren hellgrauen Augen an, die nie aufhören, dich zu durchdringen, nicht einmal dann, wenn ein beliebiges anderes Augenpaar damit aufhören würde, so daß in dem Objekt, das ihr Blick vergewaltigt, der Zweifel aufsteigt, ob nur diese beiden Augen existieren und sonst nichts, und ob alles übrige nur als Gerüst dient, um sie auf etwas zu richten, in diesem Fall auf mich, HAST DU SCHON MAL DAS GEFÜHL GEHABT, IMMER FEHL AM PLATZ ZU SEIN? ABER JA, DAS HABE ICH DAUERND, WARUM? ICH HABE KEINE LUST MEHR, MICH IMMER FEHL AM PLATZ ZU FÜHLEN, bricht es aus ihr heraus, und es bleibt der letzte Satz des Abends.

18.

Eva betrachtet sich ununterbrochen im Spiegel, von vorne, von hinten, linke Seite, rechte Seite, und dann noch einmal, von vorne, von hinten, links, rechts; die Verkäuferin redet in einem fort auf sie ein, sie habe noch nie jemanden gesehen, der etwas mit solcher Grazie trägt; mir zugewandt, aber ohne ihr Spiegelbild aus den Augen zu verlieren, fragt sie: Meinst du, diese Jacke verleiht mir mehr Persönlichkeit? Meinst du, daß ich mit diesen Sachen interessante Leute kennenlernen werde? Meinst du, daß ich hier jemals soziale Kontakte haben werde? Meinst du, sie werden mich beachten und sich mit mir anfreunden wollen? Meinst du, ich werde jemals eines dieser glücklichen und lächelnden Mädchen, die von glücklichen und lächelnden Menschen umgeben sind, wie im Fernsehen? Meinst du, ich werde auf Parties eingeladen? Meinst du, sie werden anrufen und fragen, wie's mir geht? Meinst du, sie fahren am Wochenende mit mir ans Meer? Meinst du, daß irgendeinem Menschen jemals etwas an mir liegen wird? Meinst du, daß.

19.

Seit drei Tagen gehen wir nicht aus dem Haus. Eva hat ihre neue Jacke noch an, etwa ein Kilo Persönlichkeit. Wir tun nichts, wir lassen den Fernseher ohne Ton laufen, liegen auf der Auslegeware, vermeiden es zu sprechen.

20.

Seit einer Woche verläßt Eva das Bett nicht. Sie sagt, daß es ihr überhaupt nicht gutgeht. Sie sagt, daß es nicht am Fieber liegt. Sie sagt, daß sie keine Lust hat, in dieser Stadt zu bleiben. Sie sagt, daß sie keine Lust hat, nach Hause zurückzufahren. Sie sagt, daß sie ihr Leben ändern wollte, als sie von dort wegging. Sie sagt, daß sie gerne andere Leute kennenlernen würde. Sie sagt, wenn sie wieder in Skandinavien wäre, würde sie sich hassen, noch bevor sie aus dem Flugzeug gestiegen wäre. Sie sagt, daß sie nicht weiß, was sie mit den ganzen Kleidern anfangen soll, wie sie ihre Tage füllen soll. Sie sagt, daß sie nie begriffen hat, wie man überhaupt interessante Menschen kennenlernen kann. Sie sagt, daß es ihr so vorkommt, daß jeder sein Leben lebt und daß es hier ist wie überall, man trifft sich nur, wenn man sich davon einen Vorteil verspricht. Sie sagt, daß sie niemandem etwas bieten kann, sie möchte doch nur versuchen, ein bißchen glücklicher zu sein. Sie sagt, daß man ihr als Kind immer gesagt hat: Wart nur ab, alles wird gut. Und jetzt? Anfangs hatte sie gehofft, daß es nur eine Phase ist, die vorübergeht. Aber es ist nicht so, weil niemals irgend etwas passiert. Hm, lächele ich sie an, du hast mich kennengelernt.

Sie sieht mich an. Sie sagt, daß ich nicht interessant bin. Ich zähle maximal soviel wie eine dieser amerikanischen Puppen. Obwohl ich im Gegensatz zu ihnen natürlich laufen kann. Immerhin etwas.

21.

Eva ist aufgestanden. Ich habe sie im Bad auf mich zukommen sehen, während ich mir mit einer der Zahnbürsten, die auf dem Regal unter dem Spiegel in einem Glas standen, die Zähne putzte. Wenn du fertig bist, geh bitte, hat sie zu mir gesagt.

22.

Bevor ich ging, habe ich den Wasserhahn der Badewanne aufgedreht, Badezusätze hineingeschüttet und mich tief einatmend in das heiße Wasser gelegt, um zu entspannen. Bei mir gibt es nur eine Dusche, es wäre blöd gewesen, das nicht zu nutzen.

23.

Wenn es regnet, schließe ich das Fenster, ziehe die Vorhänge zu, versuche mit dem Kopf unter dem Kissen zu schlafen und dem Tageslicht zu entkommen, das trotzdem durch die Fensterscheiben dringt, unerträglich. Wenn die Sonne scheint, lege ich mich in den Garten und versuche, braun zu werden und nicht zu denken. Wenn ich aufstehe, betrachte ich meinen Schatten auf dem Rasen. Ich mache einen Schritt vorwärts. Einen rückwärts. Der dunkle Fleck bewegt sich mit mir. Dieser Fleck bin ich.

24.

Seit wie vielen Wochen bin ich hier? Ich weiß es nicht, ich habe den Überblick verloren, ich weiß nicht mal, was für ein Tag heute ist. Aber das spielt sowieso kaum eine Rolle. Ich will nur an nichts denken. Ich will nur nichts hören. Ich will nur nichts atmen. Ich will nur nichts sehen. Ich will nur nichts träumen. Das Nichts ficken. Mich im Nichts verlieren. Im Nichts. Im Nichts. Im Nichts.

25.

In einem Supermarkt kaufe ich genmanipuliertes Essen, dann warte ich in der Schlange vor der Kasse und lese, während ich aufs Bezahlen warte, die Titelseiten der Zeitungen: MANN MIT MACHETE ZERHACKT ZWÖLF KINDER AUF SPIELPLATZ. KINDLICHE FREUDE ENDET IM TERROR. MONSTER HAUT EIN DUTZEND SCHÜLER MIT DEM BEIL IN STÜCKE. Ferner findet sich ein HORROR AUF DER SCHAUKEL. Die grellen Farbfotos zeigen abwechselnd Puppen in einer Blutlache oder einen kleinen abgetrennten Arm mit einem Plastikball in der Hand. Als ich mit der Einkaufstüte hinausgehe, begegne ich einem braungebrannten Kerl um die Dreißig, blondes Haar, Sonnenbrille, angezogen wie ein Surfer, obwohl es heute eher kalt ist. Gut drauf? fragt er mich lächelnd, dann geht er, ohne eine Antwort abzuwarten, pfeifend hinein.

26.

Eva ist abgereist, glaube ich: Heute morgen habe ich sie mit ihrem Rucksack in ein Taxi steigen sehen. Ich weiß nicht, ob sie es bemerkt hat, sie hat in meine Richtung gesehen, dabei aber mit dem Fahrer gesprochen. Jedenfalls haben wir uns nicht verabschiedet.

27.

AGGRO. Ich weiß nicht, wie ich es angestellt habe, es nicht früher zu bemerken. Auf jeder Wand AGGRO. In allen U-Bahn-Stationen AGGRO. AGGRO auf den Bürgersteigen. AGGRO auf den Ampeln. AGGRO auf den Rolltreppen. Auf den Werbeplakaten: AGGRO. Auf den Rolläden AGGRO. AGGRO auf den Autobussen, AGGRO auf den Parkbänken, AGGRO auf den Lebensmittelregalen. AGGRO mit Filzstift gemalt oder gesprayt. AGGRO in Schwarz, Gold, selten Silber, Rot fast nie, Weiß mal hier, mal da, in fast regelmäßigen Abständen. AGGRO. AGGRO. AGGRO. Wohin auch immer in dieser Stadt der Blick fällt, sieht man AGGRO. Sogar in den Kneipentoiletten. Selbst auf den Abfallkörben. Wohin du auch gehst, AGGRO verfolgt dich, du weißt nicht, wer dahintersteckt, doch du begreifst, daß dies sein Territorium ist, er hat es sich untertan gemacht, es gehört ihm, und weder die Belohnung der städtischen Verkehrsbetriebe oder der Polizei, noch die Beamten in Uniform oder Zivil, die Fahrscheinverkäufer, die Kontrolleure, die Straßenkehrer können etwas daran ändern. AGGRO existiert und vervielfältigt sich ins Unendliche, du kannst es nicht auslöschen, man müßte alles dem Erdboden gleichmachen. Unmöglich, ihm zu entkommen. Sinnlos, sich in seinem Zimmer einzuschließen. Heute nacht habe ich es entdeckt, im Traum: An der weißen Zimmerdecke stand AGGRO geschrieben.

28.

Gestern im Bus ist eine Frau gestorben. Während der Fahrt hat plötzlich jemand aufgeschrien, ich habe mich umgedreht, gesehen, wie sich eine Frau um die sechzig in blauem Abendkleid auf dem Boden krümmte. Der Schaffner klingelte dem Fahrer und machte ihm Zeichen anzuhalten. Ein paar Sekunden lang hat niemand reagiert. Dann hat sich eine Frau gebückt, um den Puls der Dame im Abendkleid zu fühlen, und gesagt: Sie ist tot. Unterdessen begannen auf dem Bürgersteig Leute stehenzubleiben. Ein paar Jugendliche äugten neugierig durchs Fenster und rissen Witze. Der Schaffner sagte, wir müßten aussteigen und den nächsten Bus nehmen. Eine mit Büchern beladene Studentin hat geschnaubt und protestiert, weil sie sowieso schon zu spät zu ihrer Verabredung kam. Wir müssen auf den Krankenwagen warten, hat ihr der Schaffner erklärt. Wozu denn auf den Krankenwagen warten, hat sie erwidert, die Alte ist doch eh schon tot.

29.

584 67 21. Ich verstehe nicht, wieso ich sie nicht vergessen kann. Ich wähle die Nummer der bis in die Nacht geöffneten Neunzehnjährigen. Hallo, dringt eine Frauenstimme an

mein Ohr. Bist du das Mädchen auf dem Foto? Nein, aber wenn du sie treffen willst, kann ich dir helfen. Sie ist neu in der Stadt und sehr schön, du wirst sehen. Sie wird dir so sehr gefallen, daß du sie schon am nächsten Tag wiedersehen willst, glaub mir.

30.

Ich betrachte das Haus von außen, es ist ein Sozialwohnungsblock aus ziemlich verdrecktem Backstein, die Fassade ist vollkommen platt, nicht ein Balkon: Auf der Eingangstreppe sitzen zwei Mädchen und schauen mich an. Eine ist mongoloid und lächelt ununterbrochen. Ich stelle mir vor, wie ich da drin mit einer Unbekannten eingesperrt bin, während sie mir die Preise ihrer verschiedenen Körperteile auflistet und ich im Geist ausrechne, wieviel ich in der Brieftasche habe, geben Sie mir dreihundert Gramm Frischfleisch, bitte. Scheiß drauf, sage ich laut. Scheiß drauf. Scheiß drauf. Scheiß drauf.

3. Kapitel

1.

Im Flur packt Uma die Koffer aus. Sie ist gerade aus den Ferien zurückgekommen. Sie muß viel an der Sonne gewesen sein, denn sie ist völlig verbrannt, die Haut hängt ihr in Fetzen von Gesicht, Schultern und Armen. Sie fragt mich, ob ich schon mal Bungeejumping gemacht hätte. Nein, ich habe noch nie Bungeejumping gemacht. Sie fragt mich, ob ich schon mal bei einem Drei-Tage-Rave mitgemacht hätte. Nein, ich habe noch nie bei einem Drei-Tage-Rave mitgemacht. Sie fragt mich, ob ich schon mal Ecstasy, Kokain, Heroin, Crack, LSD oder Speed ausprobiert hätte. Nein, ich habe noch nie Ecstasy, Kokain, Heroin, Crack, LSD oder Speed ausprobiert. Sie erzählt mir, daß dort, wo sie war, alle all diese Dinge gemeinsam gemacht hätten. Nicht mal in Ravello oder Suvereto habe sie derartiges erlebt. Das glaube ich gern, versichere ich. Sie packt die Koffer fertig aus. Sie schaut mich an und flüstert: Ich bin neununddreißig. Neununddreißig, und ich hatte gedacht, sie wäre doppelt so alt. Mindestens.

2.

Ich weiß nicht genau warum, aber ich kaufe eine grüne Telefonkarte. Von der gegenüberliegenden Straßenseite blicken mir sofort drei Telefonzellen entgegen. Hinter den Glasscheiben erkenne ich Schatten. Ich überquere die Straße. Eine junge Frau auf Rollschuhen flitzt zwei Millimeter vor mir über den Asphalt. Ich halte jetzt ein Flugblatt in der Hand. GRATIS-HAARSCHNITT, steht darauf. LASS DICH BERATEN. WIR FINDEN DEINEN INDIVIDUELLEN STIL, IN JUNGER, ENTSPANNTER UND FREUNDSCHAFTLICHER ATMOSPHÄRE. Ich lese die Adresse. Ich überprüfe die Hausnummer. Es ist eine Friseurschule gleich gegenüber den Telefonzellen, auf der Straßenseite, von der ich gerade gekommen bin. In einem der Kristallsärge der Telecom betrachte ich mein Spiegelbild. Bart und Haare werden immer länger. Ich sehe aus wie ein Obdachloser. Bald werden mir die Leute ängstlich aus dem Weg gehen, wenn sie mir abends begegnen. Oder sie werden versuchen, mich mit einem Grinsen im Gesicht anzuzünden. Die Schatten, drei japanische Elvis-Presley-Imitate, schwatzen weiterhin in Ideogrammen. Eine junge Frau, identisch mit der zuvor, streift mich in voller Fahrt. Jetzt habe ich zwei Handzettel. Ich überquere die Straße wieder. Ich erreiche den Bürgersteig und stehle mich in das Gebäude. Ich steige sechs enge, dunkle Treppen hoch, am Ende öffnet sich eine Tür, und zusammen mit einer Million Neonleuchten sehe ich eine Cyborg in Plastikklamotten, stacheligen und offensichtlich mit Wasserstoffperoxyd gefärbten Haaren. Ich trete ein.

Du bist hier wegen des Gratisschnitts, grinst sie und reißt mir die Gutscheine aus der Hand. Auf Höhe der Schläfen hat sie grüne Pfeile. Setz dich, befiehlt sie mir. Ich gehorche. Ich schiebe mich auf einen leopardengemusterten Friseurstuhl unter Neonlicht. Sie läßt ihn kreisen und kippt ihn nach hinten. Mit einem Handtuch zwängt sie meinen Hals ein. Sie drückt meinen Kopf in das Waschbecken.

3.

In einer der drei Zellen, die unterdessen von den japanischen Rockern geräumt worden sind, wähle ich die Vorwahl von Italien. Ich habe jetzt stachelige, wasserstoffblonde Haare, zwei grüne Pfeile und ein tipptopp rasiertes Gesicht. Ich habe auch eine Menge Geld weniger: Der Schnitt war gratis, der Rest nicht, obwohl ich nicht darum gebeten habe.

Nach der Vorwahl halte ich inne. Ich weiß nicht, wen ich anrufen soll. Ich weiß nicht, warum ich die Telefonkarte gekauft habe. Ich weiß nicht, warum ich zugelassen habe, daß man mir diese Frisur verpaßt. Ich weiß nicht, warum ich auf so törichte Weise einen Teil von dem wenigen Geld ausgegeben habe, das mir bleibt. Ich weiß nicht, worauf ich warte, was mir in dieser Stadt widerfahren soll. Ich weiß nicht, wohin ich gehen soll, wenn ich diese Telefonzelle verlasse.

Aus dem Apparat tutet das Besetztzeichen: weiß nicht, weiß nicht, weiß nicht.

4.

Heute habe ich es unter der Nummer meiner Mutter versucht. Es meldete sich die Stimme eines Mannes. Eines jungen Mannes. Es war nicht die Stimme meines Vaters. Schon deshalb nicht, weil meine Eltern sich haben scheiden lassen und mein Vater später starb, also konnte er es nicht sein. Ich fragte diesen Jemand, ob er etwas über meine Mutter wisse. Er wußte nichts. Er war erst vor kurzem dort eingezogen und hatte keine Ahnung, wer vor ihm dort gewohnt hatte. Der Vermieter hatte ihm nichts darüber erzählt. Wenn du willst, kann ich dir etwas erzählen, sagte ich. Er antwortete, daß er keine Zeit mit Verrückten zu verlieren habe, und legte auf. Ich rief wieder an. Er legte auf. Ich rief noch mal an. Er legte auf. Ich rief ein weiteres Mal an. Er ließ es zwanzig Mal klingeln, dann nahm er den Hörer ab und legte auf. Ich wählte die Nummer noch einmal. VERDAMMT, WAS WILLST DU, schrie er mich an. Dir von meiner Mutter erzählen. Er legte auf. Dann, glaube ich, hat er den Stecker rausgezogen, denn es war immer besetzt.

5.

Vor ein paar Jahren ist auch meine Mutter gestorben. Ich hätte mich deshalb wirklich gewundert, wenn sie drangegangen wäre. Außerdem hätte sie, selbst als sie noch lebte, nicht sprechen können. In den letzten Monaten machte der Kehlkopfkrebs ihr das unmöglich. Vielleicht war es auch ein Hirntumor, ich erinnere mich nicht genau. Mein Vater ist nämlich auch an Krebs gestorben, und seit einiger Zeit bringe ich ihre Krankheiten durcheinander. Er hat allerdings immer viel geredet, deshalb muß mit seinem Kehlkopf alles in Ordnung gewesen sein. Ohne es im mindesten zu bemerken, sagte er jeden Tag das gleiche. Ich hatte nie Lust, ihm zuzuhören. Das Schlimmste an den Menschen ist, wenn du schon im voraus alles weißt, was sie tun und sagen werden, und selbst das, was sie nicht tun und sagen werden, von Montag zu Montag, in Ewigkeit, Amen. Nie ein unerwartetes Wort, eine unerwartete Bewegung: Ohne es zu wissen, war mein Vater mit achtzehn schon mausetot, erstarrt in seinem Schrein aus abwaschbarer und elastischer haarig-rosiger Epidermis. Er besaß zehn gestreifte Pyjamas, die genauso aussahen wie seine zehn Hemden, jeden Morgen trank er zehn Schlucke Milch, stand zehn Minuten unter der Dusche, bumste, glaube ich, zehnmal zwischen dem 1. Januar und dem 31. Dezember – einmal alle sechsunddreißigeinhalb Tage –, wer weiß, was das in Schaltjahren für Komplikationen gab. Nach der Scheidung und bis zu seinem Tod hat er sich allem Anschein nach weiterhin so verhalten, als wäre er noch mit meiner Mutter zusammen, in den Ferien reservierte er das Hotel für zwei, Sonntag nachmittags kaufte er zwei Kinokarten, am Monatsende wechselte er beide Kissenbezüge, nicht aus Liebe, sondern aus Gewohnheit, als gewohnheitsmäßiger Gewohnheitsmensch, ein Gewohnheitsesel eben, ein Esel.

6.

Daran, daß meine Mutter tot ist, habe ich mich hingegen nie gewöhnt, ich kann sie mir nicht tot vorstellen, ich weiß, daß es nicht so ist, aber irgendwie kommt es mir noch so vor, als wäre sie draußen, in der Sonne, jenseits des grünen Vorhangs, den wir im Sommer immer vor die Tür gehängt haben, um die Hitze abzuhalten, ich, der ich sie von drinnen rufe, ich bin gerade aufgewacht und hocke auf der schmiedeeisernen Wendeltreppe, das ganze Leben liegt noch vor mir, unendlich.

Wie sie am ersten Schultag hinter den Glasscheiben meines Klassenzimmers verschwindet. Wie sie mir von den Großeltern erzählt, die vor meiner Geburt gestorben sind. Wie sie im Garten zwischen den Bäumen steht und lächelt. Wie sie im Sarg liegt, ausdruckslos, allein.

7.

Ununterbrochen steige ich von einem Bus in den anderen um, ohne zu wissen, wohin ich fahre, wo ich aussteigen soll, wo ich anhalten soll: An der Endhaltestelle fahre ich wieder in die Richtung zurück, aus der ich gerade gekommen bin, dann steige ich nach der Hälfte der Strecke um, grundlos. Je nach Straße wechseln sich die Fahrgäste ab, sind schwarz in den Schwarzenvierteln, indisch in den Indervierteln, jüdisch in den Judenvierteln, moslemisch in den Moslemvierteln, aber egal, welches Viertel es ist, alle setzen sich nach Möglichkeit allein auf eine Bank. Wenn das nicht geht, schaut der, der am Fenster sitzt, nach draußen, und der, der neben ihm auf der Gangseite sitzt, schaut auf den Hals des Vordermanns. Wenn sich zwei Busse begegnen, wissen die, die aus dem Fenster schauen, nicht mehr, was sie tun sollen. Sie kontrollieren die Schnürsenkel oder kramen in den Einkaufstüten, warten, bis die beiden Fahrzeuge weiterfahren, so daß sie wieder nach draußen schauen können, auf alles, nur nicht in andere Gesichter, andere Augen.

8.

Von der Vermittlung lasse ich mich mit meinem alten Gymnasium verbinden. Eine Sekretärin antwortet. Ich sage den Namen eines Lehrers. Er unterrichtet nicht mehr. Ich frage nach einer Hausmeisterin. Sie ist auch schon in Rente. Von fern höre ich das wilde Geschrei der Kinder. Es muß gerade Pause sein. Vor mir sehe ich wieder die Schlachten mit Stühlen und Tafelschwämmen; Mädchen, die vom Sozius eines mehrfach sitzengebliebenen Rennfahrers lächeln, sie ignorieren mich und mein Fahrrad, ein Kindermodell zu allem Übel; der letzte Nachmittag im August, wenn ich in drei Stunden versuchte, drei Monate Ferienaufgaben nachzumachen. Worum geht es denn? fragt die Sekretärin. Nicht so wichtig, sage ich, nicht so wichtig.

9.

Zwei Tage verbringe ich damit, mich an die Namen meiner Klassenkameraden zu erinnern. Früher hätte ich die gesamte Liste im Klassenbuch auswendig aufsagen können. Jetzt sehe ich mit Mühe zwei oder drei Gesichter vor mir, unscharf und wirr, ich kann mir fast nicht vorstellen, daß ich fünf Jahre meines Lebens mit ihnen verbracht habe, als wären sie mir zufällig vorgestern in der U-Bahn über den Weg gelaufen. Schließlich gerinnt in meinem Hirn der Name Kah, Franz Kah. Im letzten Schuljahr waren wir sogar Banknachbarn gewesen.

Kah war immer high, statt zu frühstücken, zog er sich jeden Morgen Kokain rein, Cornflakes schwächen, das war seine Theorie. Egal, zu welchem Thema man ihn befragte, immer erfand er aus dem Stegreif eine Antwort und machte je nachdem auf Historiker, Chemiker, Physiker, Mathematiker, Literaturkritiker. Fasziniert hörten ihm die Lehrer mindestens eine Viertelstunde zu, bevor sie ihn unterbrachen. Durch seine Selbstsicherheit weckte Kah Zweifel an ihren Theorien, vielleicht hat er ja recht, müssen sie sich gesagt haben, vielleicht erinnern wir uns nicht genau, oder schlimmer, vielleicht sind all diese Bücher nach derselben Methode geschrieben, einfach so ausgedacht von vielen Kahs, die vielleicht auf einen Ur-Kah zurückgingen, der sich eines Morgens aus purem Übermut Alphabet und Zahlen ausgedacht hatte, der reine Irrsinn, reine Konvention, zeigen Sie mir in der Natur doch mal eine 0,14 oder ein H, wenn Sie können. Kurz, Kah brachte sie in die Bredouille, er hielt nicht den Mund, er wurde nicht rot, er stammelte nicht, er erfand keine Ausreden wie alle anderen, Oma im Koma, Mutti krank, kleine Schwester im Krankenhaus. Unaufhaltsam und präzise antwortete Kah auf jede Frage, sinnlos, ihn mit Sechsen ausschalten zu wollen. Ich rufe die Vermittlung an, bei diesem Namen ist es nicht schwer, ihn ausfindig zu machen: Kah, Franz Kah, 874 68 29.

10.

PornoKah, guten Morgen – wie dürfen wir's besorgen? meldet sich eine Frauenstimme. Tag, sage ich zögerlich. Ich wollte Herrn Kah sprechen, Franz Kah. Worum geht es denn, erkundigt sich die Telefonistin, um phallische oder vaginale Fragen? Ich frage nur, damit ich Sie zum zuständigen Sachbearbeiter durchstellen kann. Ich huste. Nein, nein, wir sind zusammen zur Schule gegangen. Sagen Sie ihm, daß wir Banknachbarn waren. Sie versucht, Zeit zu gewinnen. Der Chef hat momentan in der Analabteilung alle Hände voll zu tun, erklärt sie mir. Na gut, bleiben Sie dran. Die Frauenstimme weicht Gestöhne, in das sich Gegrunze mischt. Offenbar ihre Warteschleife. Dann unterbricht eine Männerstimme das Crescendo der akustischen Orgie. Ciao, hier ist Franz! Wie geht's? Lange nicht gesehen. Warum schaust du nicht mal vorbei? Ich weiß noch ganz genau, du hattest immer Probleme mit den Mädchen. Falls du immer noch welche hast, aber auch sonst, wenn nicht, wir haben hier alles, was du brauchst. Ich erwarte dich!

Ich höre ein Klicken. Er hat mir keine Zeit gelassen, ein Wort zu sagen. Hat aufgelegt, ohne zu wissen, wer ich bin. Ich lege auf, ohne zu wissen, wer ich bin.

11.

Ich streife durch eine Straße ohne Wohnungen, nichts als Geschäfte, winzige, mittlere oder riesige, und aus jedem dringt in wahnsinniger Lautstärke eine andere Musik, Punk Pop Trance Rap Rock House, als hätte ich mich in ein Videospiel verirrt, ich versuche, den Hindernissen auszuweichen, die aus allen Richtungen auf mich zuschießen oder stillstehen und mir den Weg versperren: Jugendliche in allen Farben, die sich in einer Million Schaufenstern spiegeln, geblendet von Träumen zum halben Preis, SONDERANGEBOTE RABATT PROZENTE, keiner lacht, keiner weint, keiner spricht, alle schauen sie nur und schätzen im Geist die hinter den Glasscheiben oder an den umstehenden Körpern ausgestellten Waren ab, Meter für Meter, Block für Block, SONDERANGEBOTE RABATT PROZENTE, Tausende Menschen um mich herum, und nicht ein vertrautes Gesicht, nicht eine vertraute Geste, nur die Produkte erkennen mich und rufen mich, Stiefel und Ansichtskarten, Halstücher und Videorecorder, DU WEISST NICHT, WAS DU WILLST? HIER FINDEST DU ES, lese ich auf einem Schild, HIER FINDEST DU ES.

12.

In einer Buchhandlung betrachte ich alte Schwarzweißfotografien, die ein gewisser Paul Strand in den zwanziger Jahren aufgenommen hat, Männer und Frauen, die in ihren Mänteln durch New York laufen und nicht mitkriegen, daß sie fotografiert werden: Bestimmt sind sie jetzt alle tot, und ich kann ihre Silhouetten sehen, ihre Schatten, ich frage mich, was sie wohl in jenem Moment gedacht haben, wohin sie gingen, wen sie liebten oder haßten, sie waren Angestellte, Gangster, Dichter, Laufburschen, jetzt sind sie Flecken auf den Seiten eines Buches und morsche Knochen auf irgendeinem Friedhof, nichts bleibt, alles vergeht, ich verlasse die Buchhandlung, und mein Platz auf dem Fußboden vor dem Regal bleibt leer, als hätte ich ihn nie besetzt, als hätte ich nie diese Fotografien gesehen und diese Dinge gedacht, sogar ich werde sie bald vergessen haben, nur die Orte bleiben, auch wenn sie sich verändern, ich versuche, mich an alle Zimmer und Städte zu erinnern, in denen ich jemals gewohnt habe, sie werden noch bis zum nächsten thermonuklearen Krieg da sein, unter Schnee oder im Sonnenschein, unbeirrbar.

13.

Sonntag. Es muß Sonntag sein. Die Stadt menschenleer. Totale Stille, abgesehen von ein paar Autos im Hintergrund. Ich laufe meine Schuhe ab. Heute habe ich nur ein Schinkensandwich gegessen. Ich frage mich, wohin sie alle verschwunden sind. Die einen ans Meer, die anderen ins Gebirge, nehme ich an. Die Sonne. Der Asphalt. Die Bäume.

Ziegelsteine. Graffitis. Plakate. Die Sex Pistols in concert in einem Park. Verdammt, welches Jahr haben wir, wenn die Sex Pistols nächste Woche in einem Park spielen? Wo sind die Brigate Rosse und die Baader-Meinhof-Gruppe, der R 4 und der Knast von Stammheim, STASI, CIA, IRA, PLO, UMPLA, FMLN, NASA, NATO, Warschauer Pakt und Getto, Polnischer Korridor, Berliner Mauer, Mata Hari, Auschwitz-Birkenau, Brest-Litowsk, Deutschland im Jahre Null, Hiroshima Mon Amour, Rom – offene Stadt, Der letzte Tango von Paris, Verschwörung in Stockholm, Palme, Popper, Potemkin, Pasolini, Peron, Pollock, Pop-art, Pol-Pot, Phnom-Penh, Mekong, Vietkong, Dien Bien Phu, die Guomindang, der Tien Anmen, der 38. Breitengrad, die Schweinebucht, der Wendekreis des Krebses, das Ozonloch, der Wüstensturm, Iran-Irak, Tutsi-Hutu, Desmond Tutu, Mandela, Malvinas, Mladic, das Attentat von Sarajevo, Franz Joseph, Nikolaus II., das Winterpalais, Heißer Herbst, Gefährlicher Sommer, Prager Frühling, Lidice, Guernica, Stalingrad, Beirut, Sinai, Suez, Sudeten, Sandino, Chiapas, Marcos, Imelda, Zelda, die Roaring Twenties, die Black Panthers, Hip Hop, Bebop, Foxtrott, Dixieland, Dada, Tristan Tzara, die Weltwirtschaftskrise, die Balkankrise, die Ölkrise, Ehekrise, Krise wegen Überbevölkerung, der Institutionen, am Arbeitsmarkt, in Algerien, in Libyen, in Afghanistan, in Somalia, CNN, MTV, ITT, IBM, Internet, Bill Gates, Informatik-, Kultur-, Oktoberrevolution, Islamische, Kubanische, Verhaltens-, Konsum-, Technologische Revolution, Made in Japan, Globaler Markt, Globale Kosten, Globaler Profit, Globalisierung der Waren, durchgedrehte Globuline, infizierte Zellen, Organhandel, Kinderhandel, Rauschgifthandel, Blutkonservenhandel, Immundefekte durch Plasmakonzentrate: Verdammt, welches Jahr haben wir, wenn nächste Woche die Sex Pistols spielen?

14.

Ich rufe bei meinem Bruder an. Ich bin nicht zu Hause, antworten mir die von seinen Stimmbändern erzeugten Töne, moduliert nach präkodifizierten Regeln und Konventionen, um von einem Anrufbeantworter aufgenommen und wiedergegeben zu werden. Hinterlassen Sie eine Nachricht oder Ihre Telefonnummer, ich rufe dann zurück. Ich frage mich, was ich sagen könnte. Ich bin nicht zu Hause, sage ich fast selber, Hinterlassen Sie eine Nachricht oder Ihre Telefonnummer, ich rufe dann zurück. Währenddessen ist die Zeit abgelaufen, und die Verbindung wird unterbrochen.

Ich sitze auf dem Bürgersteig und betrachte die leere Straße, die Reihenhäuser, die parkenden Autos. Die Gegend ist ein reines Wohngebiet, und größtenteils sind es Hondas, Suzukis, Toyotas. Ich zähle die Sekunden, die vergehen, ich addiere die Zahlen auf den Nummernschildern, ich lese die Inhaltsstoffe auf einer Bierdose, die allerdings mit einer urinähnlichen Flüssigkeit gefüllt ist und neben der Telefonzelle auf den Boden gestellt wurde. Nach einer Stunde versuche ich es wieder. Zu Hause. Nachricht. Telefonnummer. Macht nichts, denke ich. Ich hab's nicht eilig.

15.

Tagelang habe ich bei meinem Bruder angerufen. Er hat sich nie gemeldet. Zumindest nicht persönlich. Ich habe keine Nachrichten hinterlassen. Telefonnummern schon gar nicht. Unmöglich, mich in dieser Telefonzelle zu erreichen. Weder zwischen neun und fünf noch in der Mittagspause. Ich weiß nicht einmal, warum ich versucht habe, Kontakt mit ihm aufzunehmen. Ich habe ihn nie ausstehen können. Nie.

16.

Mein Bruder: In den frühen siebziger Jahren beteiligt er sich in Sandalen und Schlaghosen an der Besetzung diverser Hochschulen. 1974 tritt er der außerparlamentarischen *Lotta Continua* bei. 1975 macht er sein Examen in Soziologie mit einer Arbeit über die Aktualität der Theorien des Guerillakrieges im politisierten industriell-urbanen Kontext. 1976 wird er bei einer antifaschistischen Demonstration, in deren Verlauf die Demonstranten unter Berufung auf das Recht zu proletarischer Enteignung ein paar Schaufenster einwerfen, von der Polizei verhaftet und danach wieder freigelassen. 1977 gewährt er einer untergetauchten Aktivistin der Bewaffneten Proletarischen Zellen Unterschlupf. 1978 stellt sie fest, daß sie schwanger ist. Er flüchtet sofort nach Frankreich. Sie treibt ab und wird kurz darauf bei einem Feuergefecht mit Ordnungskräften getötet. 1979 erhält er einen großen Geldbetrag mit dem Auftrag, ein Netzwerk zur Unterstützung der flüchtigen Genossen in Italien aufzubauen. 1980 investiert er das Geld in eine Firma, die kugelsichere Westen für die Gendarmerie herstellt. 1981 übernimmt er die Anteile der anderen Gesellschafter. 1982 produziert er kugelsichere Westen für die Polizei in vier europäischen Ländern. 1983 sind es acht. 1984 geht mein Bruder mit seinem Unternehmen an die Pariser Börse. 1985 ist er europäischer Marktführer. 1986–87 verdoppeln sich die Exportzahlen. 1988 faßt mein

Bruder in Amerika und Asien Fuß. Zwischen 1989 und 1990 schafft er dank eines neuen Anti-Bazooka-Prototyps auch dort den Durchbruch. 1992 kauft er sich ein Haus in Los Angeles. 1993–94 werden seine Modelle bei den Haute-Couture-Modenschauen von Mailand und New York vorgestellt. 1995 heiratet er offensichtlich ein Model, braunhaarig, mit dem er, ebenfalls braunhaarig, zwei hübsche strohblonde Knaben hat. Sein Ziel ist, zum Jahrhundertende seine mit Pailletten verzierten kugelsicheren Westen im Museum of Modern Art zu sehen. Mein Bruder.

17.

Ich esse bei McDonald's, es kostet kaum was, wenn man sich nicht hinsetzt, sorgt aber für die Illusion, man hätte sich pappsatt gegessen, die Coca-Cola läßt die Hamburger im Magen quellen, das einzig wirklich Unangenehme ist das schmierige Gefühl überall, Schmiere von tausendmal erhitztem Öl, Schmiere, die sich im Mund breitmacht und in der Speiseröhre, auf Händen und Gesicht und in den Haaren, Schmiere, die sich in den Fasern der Kleidung festsetzt, wer weiß wie viele Stunden täglich die Jungs bei McDonald's arbeiten, auf jeden Fall mindestens acht, wie die es wohl anstellen, die Schmiere aus den Nasenlöchern zu kriegen, aus dem Bauchnabel, von den Zehennägeln, aus dem Arschloch, sicher stinken sogar ihre Fürze nach McDonald's, vielleicht ist dies das einzige Beispiel eines Unternehmens, das es schafft, derart intim in die eigenen Angestellten einzudringen, von wegen Factory of the Future oder Japanisches Modell, im Big Mac steckt die wahre Natur des Kapitalismus: schmierige und stinkende Körpergase.

18.

Im Radio höre ich das Konzert der Sex Pistols. Die Megahertzwellen ballern ICH BIN KEIN TIER ICH BIN KEINE MISSGEBURT ICH BIN KEIN TIER ICH BIN KEINE MISSGEBURT … Sie sind es wirklich, kein Zweifel. Die zu klonen, wird keiner je schaffen. Zoe hätte sich direkt vor die Bühne gestellt. Ich frage mich, wo sie jetzt sein mag.

19.

Seltsam, manchmal kann man sich einfach nicht mehr an die Gesichtszüge der Menschen erinnern, die man einmal geliebt hat, an ihre Telefonnummern dagegen schon. An Zoes Haarfarbe erinnere ich mich zum Beispiel nicht mehr, nur an diese Ziffern: 874 75 29. Die große Liebe meines Lebens, und ich könnte nicht mit Sicherheit sagen, ob sie blond oder braunhaarig war, vielleicht kastanienbraun, aber das sagt ja fast schon alles. Ließ sie nicht immer, wenn sie ihre Tage hatte, in jedem Zimmer die Binden herumliegen? Brauchte sie nicht jedesmal das Klopapier auf und legte kein neues ein? Vergaß sie nicht immer, das Wasser aus dem Bidet abzulassen, nachdem sie sich gewaschen hatte? Ich weiß es nicht. Fast sicher bin ich allerdings, daß es Zoe war, die mir erzählt hat, wie sie als Kind mit größtem Vergnügen Grillen, Kaulquappen und Eidechsen vivisezierte, sie mit Nadeln unter dem Mikroskop des Chemiebaukastens feststeckte, ihnen mit einem Skalpell den Bauch öffnete und dann mit einer Pinzette die Organe herausriß. Ich hatte sie gefragt, ob es ihr nichts ausgemacht hätte, ihnen Leid zuzufügen. Nein, hatte sie mir geantwortet. Sie konnten ja nicht schreien.

20.

Am Hauptbahnhof habe ich die 874 75 29 gewählt. Es meldete sich eine Hundepension. Ich habe es mit 784 75 29 versucht. Die Nummer gehörte einer Firma, die Schamhaartoupets herstellt. 784 57 29 gab es nicht. Durch andere Kombinationen wurde ich mit Banken, Diplomkaufleuten, Privatleuten verbunden. Zoe hat wahrscheinlich eine neue Nummer. Eine neue Wohnung. Neue Arbeitszeiten. Eine neue Stelle. Eine neue Frisur. Alles neu, und ich werde es nie erfahren. Die Liebe meines Lebens. Wir werden immer zusammenbleiben. Ich werde dich nie verlassen. Ich bin niemand ohne dich. Ich bin niemand ohne. Ich bin. Niemand.

21.

Ich gehe von einem Bahnsteig zum anderen. Ich lese auf den schwarzen elektronischen Anzeigetafeln die weißen Namen der Bahnhöfe, durch die die Züge fahren. Sie fahren durch unbekannte Ortschaften, wo ich nie gewesen bin oder die ich so gut kenne, daß ich sie nicht mehr kenne, weil ich früher zu lange dort gelebt habe. Ich sehe den abfahrenden Zügen nach, während Lautsprecherdurchsagen erklingen und Reisende sich versammeln und zerstreuen, beladen mit Rucksäcken, Koffern, Taschen, Herkunftsorten, Zielorten. In einer Pfütze entdecke ich mein Gesicht. Ein Gesicht ohne Gepäck drumherum. Ohne Vergangenheit. Ohne Zukunft. Jemand tritt in die Pfütze. Ich kann meine Augen nicht mehr erkennen. Zitternd vermischen sie sich im Wasser mit den weggeworfenen Resten eines Salats.

22.

Ich betrete und verlasse U-Bahn-Stationen, ich fahre Rolltreppen rauf und runter, Schritte folgen mir und überholen mich, Füße in Schuhen, Stahl bewegt sich, Echos von Stimmen. Wind. Elektrische Sonnen. Motorengeräusche. Sonst nichts. Tagelang, nächtelang, tagelang, nächtelang, tagelang, nächtelang sonst nichts sonst nichts sonst nichts.

23.

In einem Telefonbuch suche ich die Rubrik Notdienste. Mit 666 könnte ich einen Krankenwagen, die Feuerwehr oder die Polizei rufen, aber die brauche ich nicht. Unter 419 26 24 meldet sich das Elektrizitätswerk. Unter 419 37 20 das Gaswerk. Ich überspringe die Nummern für den Ersatz von Glas und Fensterscheiben nach Diebstahl und Vandalismus und gelange zu den Spezialisten, die einem in die Wohnung helfen, falls man den Schlüssel im Bad vergessen hat. Dann stoße ich auf die Apotheken, die bis in die Nacht geöffnet haben. Es folgen: die Schwangerschaftsberatung, die Gesellschaft für Familienplanung, ein Dutzend mustergültige Kliniken für Tests, Besamungen, Sterilisationen, Pillen danach, Abtreibungen. Ich überspringe die Zahnklinik, den Zahnärztlichen Notdienst und die Zahnärztliche Abteilung der Uniklinik und gerate an die Gesellschaft für Akupunktur und an die für Homöopathie. Danach kommen die Samariter, die man 24 Stunden am Tag unter 175 40 26 erreichen kann. Dann die Optiker, die Physiotherapeuten, die Aids-Beratungsstelle, der Verbraucherschutz, die Finanzdienstleister, die Infozentren für Lesben und Schwule, Amnesty International, die Kommission für Chancengleichheit der Rassen, die Zentralbibliothek, die Feministische Bibliothek, der Notruf für Vergewaltigungsopfer, Abhanden gekommene Gepäckstücke, Fundsachen, Gestohlene Kreditkarten, Nachtkioske, Postämter, Öffentliche Bedürfnisanstalten, Glaubensgemeinschaften: Baptisten, Buddhisten, Juden, Katholiken, Methodisten, Moslems, Pfingstgemeinden, Presbyterianer, Protestanten, Quäker, Täufer, Unitarische Kirche, Reformierte Kirche, Wiedergeborene Christen, danach kommen noch die Zurückgebliebenen, Behinderten, Krüppel, kurz: alles und jeder, nur keiner, der mir helfen könnte, mir, mir, mir, mir, mir, mir, mir, mir, MIIIIIIIIIIIIIIIIIIIIIIIR.

24.

Keine Ahnung, warum ich im Konsulat anrufe. Unglaublich, aber es meldet sich jemand. Italienisches Konsulat, guten Tag. Tag, nuschle ich. Sie wünschen, drängt mich der Angestellte. Hören Sie, ich habe etwas verloren, meine … Ich zögere. Ihre? Der junge Mann hat's eilig. Ich weiß nicht, wie es aus meinem Mund kommt: Identität. Ihren Personalausweis? Kein Problem, beruhigt er mich, Sie müssen nur … Ich unterbreche ihn: Nein, nicht meinen Personalausweis. Verstehe, blockt er ab, es geht um den Reisepaß. Das passiert schon mal. Sie müssen nur auf dem nächstgelegenen Polizeirevier den Verlust melden. Mit der Bestätigung kommen Sie dann zwischen neun und elf bei uns vorbei und weisen sich selbst aus, indem Sie eine Erklärung mit Ihren Personalien unterschreiben. Ihre Angaben werden dann in Italien überprüft, und wir stellen Ihnen einen provisorischen Ausweis aus, dessen Gültigkeit von den zuständigen Behörden anerkannt wird, falls Sie ausreisen wollen. Kann jemand Ihre Identität bezeugen? Ich mache Sie darauf aufmerksam, daß so ein Selbstausweis unter legalen Gesichtspunkten Sie keineswegs ermächtigt …

Ich hänge wieder ein.

25.

Es regnet. Ich sitze im Dunkeln unter einer Eiche und höre dem Regen zu. Das Wasser läuft an den Ästen entlang, tropft von den Blättern und fällt mir auf Schultern, Hals und Haare. Hier unter der Eiche sehe ich weder Häuser noch Straßen, kein Licht außer diesen Blitzen, dank derer ich den Umriß der Kirche auf der Wiese erahnen kann. Schwarz die Kirche, schwarz die Wiese, schwarz der Himmel, schwarz der Regen und schwarz alles andere um mich herum. Eine Stunde vergeht, vielleicht zwei. Ich bin pitschnaß. Unter diesem Baum zu sitzen hat nicht viel Sinn, zumal ein Blitz mich in einem Augenblick verbrennen könnte, und zwar jederzeit. Ich denke an all die Male zurück, als ich in der Zeitung über solche Unfälle gelesen habe, normalerweise passiert das Hirten oder Kindern, und ich würde die Statistiken ganz schön durcheinanderbringen, aber was macht das schon: Ich habe keine Lust aufzustehen, ich habe keine Angst vor den Blitzen, es ist ein prächtiges Schauspiel, wenn sie die Dunkelheit zerreißen, ich möchte einer von ihnen sein, möchte mich mit einem schönen strahlenden Lächeln von dem Baum verabschieden, von der Wiese, den Häusern, dem Viertel, der Stadt, dem Land, von Europa, der Welt, dem Sonnensystem, der Galaxie, dem Universum, und innerhalb einer Mikrosekunde verschwinden, ciao ciao.

26.

Es ist irgendein Wochenende, und wie jeden Sonntag weiß ich, daß ich morgen die Miete bezahlen muß. Ich öffne meine Brieftasche. Abgesehen von der letzten Telefonkarte zu 50 Einheiten bleibt mir nur sehr wenig. Ich sehe wieder und wieder in den Fächern aus falschem Leder und echtem Plastik nach: Was ich besitze, entspricht mehr oder weniger dem Wochenlohn einer Kellnerin. Ein paar Tage wird es noch reichen. Und dann?

27.

Panik. Ich wußte, daß dieser Moment kommen würde, aber trotzdem trifft es mich unvorbereitet. Ich sehe unter dem Bett nach. Ich durchwühle den Kleiderschrank und die Plastiktüten mit der Unterwäsche. Ich kehre die Taschen von Hose und Jacke nach außen, bemerke, daß die linke Brusttasche zugenäht ist, ich trenne sie auf in der lächerlichen Hoffnung, irgend etwas darin zu finden, aber natürlich ist sie leer, nicht mal die Ersatzknöpfe sind drin. Es kommt mir unmöglich vor, daß die Gesamtheit meiner Habe dort in der Brieftasche sein soll. Es kommt mir unglaublich vor, daß ich nicht irgendwo wenigstens einen zusammengefalteten Geldschein ausgrabe, der mir ermöglicht, den Tag X hinauszuschieben, wenn auch nur kurz. Die Knochen tun mir weh. Das Herz rast. Die Hände schwitzen. Die Muskeln wollen sich selbständig machen. Ich bin nicht mehr in der Lage, einen vernünftigen Gedanken zu fassen. Panik.

28.

Planlos wähle ich Telefonnummern. Fast nie nimmt jemand ab. Oft ist besetzt, oder es gibt die Nummer gar nicht. Ab und zu ein Anrufbeantworter. Ich höre mir die Ansagen an, aber ich sage nichts, ich halte den Hörer ein Stück weit aus der Telefonzelle, damit sich auf dem Band am anderen Ende der Leitung der Lärm der Stadt einprägt. Dann lege ich auf. Ich versuche es noch einmal. Die seltenen Stimmen, die sich melden, gehören Kindern. Sie sagen: Hallo, Hallo, wer ist da?, warten kurz und unterbrechen dann abrupt die Verbindung.

29.

Ich habe keine Ahnung, wo ich bin: Tausende von Menschen unterhalten sich in Tausenden von Sprachen in ebenso vielen Telefonzellen, obwohl es so viele Apparate sind, muß man Schlange stehen, um anzurufen, ringsum nichts als Stimmen, die sprechen, diktieren, befehlen, flehen, schreien, flüstern. Ohren, die zuhören. Augen, die anschauen. Mich anschauen. Aus jedem Gesicht. Augen, die mich mustern. Augen, die mich abschätzen. Das ist doch der, der keinen zum Reden hat. Was tust du an so einem Ort, mit deiner lächerlichen 50-Einheiten-Telefonkarte in der Hand? Unglaublich, aber da steht ein Kerl, der nicht weiß, mit wem er telefonieren soll, erzählen die Münder Ohren auf der ganzen Welt, ein Verrückter, ein Idiot, warum haust du nicht ab, nirgendwo wartet jemand auf dich, verschwinde.

30.

Ich setze mich auf eine Bank am Fluß. Meine Finger spielen mit der Telefonkarte. DANK DER TELECOM KANNST DU KOMMUNIZIEREN, MIT WEM DU WILLST, WO IMMER ER IST, WO IMMER DU BIST, steht in silbernen Buchstaben darauf. Der Fluß ist heute dunkelgrau, himmelfarben. MIT WEM DU WILLST. WO IMMER DU BIST. Ich stehe auf und gehe zum Wasser. Ich werfe die Karte hinein. Danke, Telecom.

4. Kapitel

1.

Langsam zermürbt mich die Müdigkeit: Seit zwei Wochen zahle ich die Miete nicht. Damit ich dem Halbaffen im Morgenrock nicht in die Arme laufe, schleiche ich mich um sechs Uhr morgens aus dem Haus und komme nicht vor eins in der Nacht wieder. Ich schlafe kaum, jeden Tag gegen vier, fünf Uhr nagt die Müdigkeit an mir, die Augen brennen, die Beine brechen unter der Last des Körpers weg. Stunde um Stunde schlendere ich durch die Parks, mit zerschlagenem Kopf, das Blut pocht im Gehirn, ich kann mich auf nichts konzentrieren. Es ist, als hätte ich keine Gedanken und Erinnerungen mehr. Ich öffne die Lider, sehe zwei fette Amerikaner, die über das Gras rennen, und dieses Bild werde ich einfach nicht los, die zu eng sitzenden Turnhosen, die durchgeschwitzten Fleece-Shirts, das wabbelnde, bleiche Fett an Oberschenkeln, Armen, Gesichtern, die weißen Turnschuhe. Meine Augen schließen sich wieder. In der Dunkelheit rennt das Fettsackpärchen weiter in einer Wolke aus Schweiß und Fett. Ich lasse die Augen zu. Ich würde gern etwas anderes in mir sehen, aber dazu müßte ich die Augen wieder aufmachen, so daß ein neues Bild an die Stelle des vorhergehenden tritt. Da ist es viel besser, einzuschlafen, ein Schlaf ohne Träume, der einem erlaubt, nichts mehr zu sehen.

2.

Ich kann mir nur noch eine Mahlzeit am Tag leisten, aber obwohl ich die Anzahl der Gänge reduziere, keine Antipasti, Nudeln, Hauptgerichte, Beilagen, Obst, Nachtische mehr, nur ein paar Käsesandwiches mit einem Glas Leitungswasser, wird das Geld ziemlich bald alle sein, spätestens in acht oder zehn Tagen. Ich denke daran zurück, wieviel ich verschleudert, der Telefongesellschaft in den Rachen geschmissen habe, ganz zu schweigen von all dem Geld, das ich im Lauf meines Lebens für unsinnigen Kram zum Fenster hinausgeworfen habe. Sinnlos, darüber Berechnungen anzustellen. Jetzt ist es eh zu spät. Ich lebe mit einem stetigen Hungergefühl, mein Magen wimmert still vor sich hin, er ist ein offener Raum in mir, der von Minute zu Minute mehr auf irgendeine Substanz wartet, die ihn füllen könnte, und in der Zwischenzeit wird seine Leere größer, durch die Adern kriecht sie in den übrigen Körper, in die Beine, in die Hände. Es ist, als leerten sich meine Gliedmaßen, sie werden immer leichter, und doch kostet es mich immer mehr Kraft, sie zu heben. Die einfachsten Bewegungen werden auf absurde Weise anstrengend, wenn ich nachts nach Hause komme, kostet es mich eine ungeheure Willenskraft, die Treppe hinaufzusteigen; wollte ich nicht vermeiden, meine Wirtin zu treffen, würde ich mich gehenlassen und auf den mit Teppichboden ausgelegten Stufen einschlafen, für immer.

3.

Die Empfindung – nicht in die Leere zu stürzen, sondern darin hängenzubleiben: in der Leere zu schwimmen. Die Leere in mir, im Magen, in den Arterien, im Gehirn, tritt aus den Augen und greift auf die Wirklichkeit ringsumher über, so daß sie einen ganz umfaßt, unbeweglich und gleichzeitig hin und her wogend, leicht und zugleich bleischwer. Im Licht der Sonne schwimme ich in dem, was wohl mal ein Flohmarkt war, ich sitze auf dem Boden zwischen Abfall, Bierdosen und Papiermüll, den Rücken gegen die Außenwand einer Kneipe gelehnt, eine unendliche Zahl von Knien und Füßen auf Augenhöhe, Stimmen, die sich ineinander verflechten, Sprachen, die sich überlagern, die Stände verkaufen jetzt nur noch neue Ware, sie lassen die jungen Menschen der alternden Stadt hier gerinnen, sie handeln mit Jugend, einer alternativen Jugend, die aus alternativen Schuhen, alternativen T-Shirts, alternativen Pullovern gemacht ist; alternative Musik für junge Leute, alternative Jacken für junge Leute, Mützen für junge Alternative; alternative Romane und alternative Filme für junge Alternative; sogar alternatives, junges Essen: Und die jungen Leute kaufen, sie haben keine Alternative, während ich schwimme, schwimme, schwimme.

4.

Bettler. Plötzlich wird mit bewußt, daß sie überall sind, nicht nur vor Fünfsternehotels und Bankfilialen. In der Stadt wimmelt es von auf den Boden, auf die Straße geworfenen Menschen. Täglich sehe ich Hunderte von ihnen. Männer, Frauen, Alte, kleine Kinder. Alle scheinen schwarz gekleidet zu sein, aber wenn man sich ihre Kleidung genauer ansieht, ahnt man, daß sie vor vielen Jahrhunderten eine andere Farbe gehabt haben muß, es ist nur der Dreck, der sie so uniform aussehen läßt. Auf einem Stück Pappkarton zusammengekauert, schlafen sie in ihren Exkrementen. Sie schlurfen mit den Schuhen über den Asphalt wie monströse, übelriechende, unförmige Schnecken. Ein paar schwarze Schnecken bitten die Passanten um Geld. Andere, die vielleicht schüchterner sind, haben sich ein Schild um den Hals gehängt, ICH HABE HUNGER. Alle bleiben sie stehen und wühlen in den Abfallkörben, dem Minimarkt des Mülls, wo man nicht zu sprechen braucht. Die schwarzen Schnecken sind Allesfresser, sie saugen Reste von Getränken, Pizza, Fisch, Huhn, Bananen ein, oft sogar zu zehnt um einen einzigen Behälter herum. Ich schaue zu, wie sie die schwarzen Münder aufsperren, wie ihre schwarzen Zähne sich über dem Essen schließen, es zerkauen, wie sich die schwarzen Hände bereit halten, erneut in den Abfall einzutauchen. Ob ich dazu fähig sein werde?

5.

Ich steige unter die Erde, in die öffentlichen Toiletten der Einkaufsstraße ohne Wohnungen. Am Ende der Treppe fragt mich eine große schwarze Schnecke, ob ich etwas Kleingeld habe, Pech gehabt, sage ich, er brummelt einen unverständlichen Satz, kauert sich auf den Stufen zusammen und spuckt aus. Während ich meine Blase in eine der Schüsseln leere, höre ich jemanden kommen, Schritte und

Gelächter und Stimmen, ich stelle mir eine Gruppe besoffener Touristen vor, ich betätige die Spülung, knöpfe die Hose wieder zu, gehe hinaus, und unter den hinter Metalldraht eingesperrten Lampen stehe ich sieben, acht Jugendlichen zwischen vierzehn und achtzehn gegenüber: Zwei haben den Typ, der unten auf der Treppe lag, bis hierhin geschleift, halten ihn kopfüber an den Füßen und lachen höhnisch. Als sie mich sehen, halten sie inne. Starr fixieren mich ihre Augen. Bei ihnen ist ein junges Mädchen. Im Arm hält sie einen Säugling. Sie und das Kind mustern mich ebenfalls. Ich tue so, als ob ich nichts bemerkt hätte. Ich streiche an den gekachelten Wänden entlang, stolpere über die erste Stufe, trete ins Freie, draußen setzt Regen ein.

6.

Ich erbreche ich weiß nicht was, weil ich heute nämlich nichts gegessen habe, ich lehne an einem Hyundai, der auf einem großen weißen Platz geparkt ist, weißes Labyrinth aus weißen Häusern, weißen Säulengängen, weißen Blumen in umzäunten Gärten, weißen Plastiklinien, die private Tennisplätze umgrenzen. Da ich keinen Bissen zu mir genommen habe, erbreche ich offensichtlich mich selbst: Daraus bin ich also gemacht, gelblicher und stinkender Schleim, der mir aus dem Mund über das Kinn und die Kleider läuft. Ich huste, ich spucke, mein Magen krümmt sich zusammen wie der Mann, den sie auf der Toilette gequält haben. Vielleicht ist er jetzt schon tot. Ich versuche, die Kotze unten zu halten, die Krämpfe im Verdauungsapparat abzustellen. Ich spiegele mich in den Scheiben des

Autos und erkenne mich nicht wieder. Ich versuche, mich von diesem Bild zu lösen, die Beine machen, was sie wollen. Sie folgen mir nicht mehr. Ich werde ohnmächtig.

7.

Eine Stimme. Jemand brüllt. Über mir. Ich soll aufstehen. Ich habe es fast geschafft, als eine bleischwere Faust auf jenes Gesicht niederdonnert, das nicht mir gehört und mir trotzdem immer noch weh tut. Ich falle. Ich bekomme einen Tritt in den Magen, wie in einem amerikanischen Film. Mal sehen, was als nächstes im Drehbuch steht. Unmittelbar danach kommt der zweite Tritt. Banal. Ich huste. Ich kriege keine Luft mehr. Mein Mund ist mit einer warmen Flüssigkeit gefüllt, die den kräftigen Geschmack von Blut hat. Wahrscheinlich ist es Blut. WAS HAST DU BASTARD DA AN MEINEM AUTO ZU SUCHEN? Ich erkenne die Stimme von vorhin, während ich mich zusammenkrümme, um mich vor den Tritten zu schützen. Übertreib nicht, Liebling, mischt sich eine Frauenstimme ein. Ich finde, er hat noch mehr verdient, wendet eine dritte Stimme ein, männlich wie die erste: Ich muß es mit zwei Fußballnarren zu tun haben. Die Tritte hören nicht auf. Ich versuche, Atem zu holen. Ich versuche, mir einzureden, daß sie gleich aufhören werden. Ich versuche, nicht auf die Flüssigkeit zu achten, die mir aus Mund und Nase quillt. WENN ICH DICH NOCH MAL AN MEINEM AUTO ERWISCHE, PASSIERT WAS, KAPIERT? Die Tritte hören auf. KAPIERT? Noch ein Tritt. Jetzt reicht es, Liebling, wir kommen sonst zu spät zum Frühstück, drängt die Frau. UND SCHAU MICH GEFÄLLIGST AN, WENN ICH MIT DIR REDE! Noch ein Tritt. Mühsam öffne ich ein Auge: Die drei füllen den Nebel über mir aus, sie in einem bonbonrosa Kleidchen, die beiden Mittelstürmer in weißem Hemd und schwarzem Anzug, ein wirklich schmuckloses Outfit für Fußballprofis. Laß uns gehen, Liebling, sonst kommen wir echt zu spät, ruft das Gesicht über dem Rosa. Die drei steigen in den Wagen. Sie lassen den Motor an. Sie stoßen zurück und fahren mich um ein Haar platt. Ich höre Gelächter. Dann fahren sie weg. Ich bleibe auf dem Boden liegen. Unfähig aufzustehen.

8.

Taumelnd. An Mauern Halt suchend. An Ampeln. An Gittern. So erreiche ich das vornehme Café an dem vornehmen Platz des vornehmen Stadtviertels, wo ich über die Tische auf dem Bürgersteig stolpere. Ich versuche hineinzugehen und zum Waschraum zu gelangen. Die Blonde im Smoking an der Tür fragt, was ich will. Wasser, um mich zu waschen, antworte ich. Wir sind keine öffentliche Badeanstalt, erwidert sie. Dann nehme ich einen heißen Tee. Wir haben keinen heißen Tee. Einen Eistee. Wir haben keinen Eistee. Einen Cappuccino. Haben wir auch nicht. Ich mache Anstalten hineinzugehen. Sie stellt sich mir in den Weg. Ich schiebe sie beiseite. Ein Kellner erscheint. Stimmt was nicht? Nein, nichts. Dann verlassen Sie das Lokal. Ich verlasse das Lokal.

9.

Irgendwie lande ich in einem Park. Über den Rasen torkelnd, gelange ich zu einem Liegestuhl und werfe mich hinein. Rechts rennen drei weiß gekleidete Fettsäcke vorbei. Links werfen sich drei Mädels ein Frisbee zu. In der Mitte nur Wiesen und Bäume und Liegestühle und noch mehr Wiesen und noch mehr Bäume und noch mehr Liegestühle. Ich habe Schmerzen am ganzen Körper. Im Mund spüre ich etwas, das sich bewegt. Geradeaus in einiger Entfernung überquert ein Männlein die Fläche aus Rasen und Bäumen und Liegestühlen. Es blickt um sich, plötzlich ändert es die Richtung und steuert auf mich zu. Die Typen in Weiß verschwinden gerade hinter dem Hügel. Die Mädels legen sich mächtig ins Zeug mit ihrer Plastikscheibe. Das Männlein wird immer größer und kommt geradewegs auf mich zu. Bei all den freien Liegestühlen ringsherum wird der sich doch nicht ausgerechnet hier hinsetzen wollen? Das Ding, das sich in meinem Mund bewegt, löst sich und fällt auf meine Zunge. Ich spucke es mir auf die Handfläche. Es ist ein Zahn. Ganz gelb und voller Blut. Fasziniert bewundere ich ihn. Plötzlich höre ich Wörter. Ich sehe auf. Vor mir steht das Männlein in Lebensgröße. An seinem Hals hängt ein seltsamer Apparat. Er läßt ihn eine Quittung ausspucken. Die Gebühr, lächelt er. Ich begreife nicht. Sich hier hinsetzen kostet was, erklärt er mir. Ich krame in den Taschen von Hose und Jacke, aber ich habe nur noch den Zahn. Ich drücke ihn dem Männlein in die Hand und verziehe mich.

10.

Wie ein Gespenst nähere ich mich meinem Haus, ich muß schrecklich aussehen, aber niemand hat zu erkennen gegeben, daß er mich bemerkt, obwohl ich auf dem Heimweg einer Milliarde Gesichter mit einer Milliarde Blicken begegnet bin, zu vielen Gesichtern, zu vielen Blicken. Ich stapfe über den Kiesweg zur Haustür und versuche, keinen Lärm zu machen. Ich stecke den Schlüssel ins Schloß und versuche, keinen Lärm zu machen. Ich öffne die Tür und versuche, keinen Lärm zu machen. Alles umsonst. Sie steht dort, am Telefon, ihre aufgerissenen Augen starren ihren ausländischen, mit Erbrochenem und Blut beschmierten Mieter an, der seit geraumer Zeit die Miete nicht mehr zahlt, der sich tagsüber aus dem Staub macht und nachts heimlich zum Schlafen zurückkommt, wie ein Vampir, nur umgekehrt, wasserstoffblond, grün bepfeilt, stinkend: Ich erwarte, daß sie sich irgendwie äußert, schreit, um Hilfe ruft, mich zu verjagen versucht, statt dessen lächelt sie mich an, ohne mit dem Reden aufzuhören, und fordert mich mit einem Wink auf, es mir in der Küche bequem zu machen. Ich gehe hinein. Ich setze mich. Ich warte ab.

11.

Getränke und warmes Essen. Bäder und duftende Shampoos. Saubere Wäsche und Kleidung. Nur ganz wenige Sätze. Keine Frage. Wenigstens nicht von ihr. Welchem Zufall habe ich das alles bloß zu verdanken?

12.

Keine Ahnung, warum sie mir beim Abendessen ihr ganzes Leben erzählt oder jedenfalls einen Teil dessen, wovon sie glaubt, es sei ihr Leben gewesen: die Liebe zu dem jungen Universitätsabsolventen, die Verlobungszeit, die aus Nachmittagen im Kino und romantischen Regenspaziergängen bestand, die Heirat, die Reisen, die Tochter und dann sehr bald sein Fortbleiben, immer öfter, immer weniger plausibel, das eine Mal, als er beruflich im Ausland sein sollte und sie und die Tochter ihm dann plötzlich am Strand über den Weg liefen, mit einer anderen, und von da an die Lügen, die Verdächtigungen, die Streitereien, die Kleine, die mit dem Größerwerden zu verstehen begann, er, der auf den Parties hemmungslos mit ihren Freundinnen flirtete, bis er eines Morgens verschwunden war, ohne ein Hemd oder einen Rasierer zurückzulassen, keine Spur, nichts, als hätte er nie existiert, als hätte sie ihn nie gekannt in all den Jahren.

13.

Zwei oder drei Abende lang essen wir schweigend im Garten, kauen mit Muße, die einzigen Geräusche stammen vom Besteck auf den Tellern und dem fernen Dröhnen der Jets am Himmel über uns. Jetzt wäre ich mit Erzählen dran, ich weiß, um ihr die Verlegenheit zu ersparen, daß sie sich einem Unbekannten gegenüber hat gehenlassen. Aber meine Geschichte wäre nicht anders als viele andere, abgesehen vom Finale, ich bin nicht mit einer Geliebten abgehauen, schade. Besser, ich lasse es. Besser, ich kaue mit Muße. Das ist gesünder, weiß man doch.

14.

Eines Morgens teilt sie mir mit, daß ihre Tochter bald für ein paar Tage aus dem College nach Hause kommt. Ob es da etwas in meiner Vergangenheit gebe, das sie nicht wisse, aber besser wissen sollte? Nein, versichere ich ihr. Ganz sicher? Kaum zu glauben, beharrt sie, deren Phantasie in diesen Wochen offenbar auf Hochtouren gearbeitet und mir wer weiß welche Verfehlungen angedichtet hat. Glauben Sie mir, versichere ich ihr. Es ist nichts passiert. Wirklich nichts. Das ist ja das Problem.

15.

Durch das Fenster sehe ich sie kommen, die blonden Haare zu zwei Zöpfen geflochten, blaue Augen, Zahnspange: Da ist es, das Lamm, das die Welt erretten wird, es hat noch die Schuluniform an, schwarze Jacke, weiße Bluse, grauer, knielanger Rock, die Krawatte grau wie der Rock, die Strümpfe weiß wie die Bluse, die Slipper schwarz wie die Jacke. Es muß so um die fünfzehn sein, das Lamm, das die Welt erretten wird, augenscheinlich liegt das ganze Leben noch vor ihm. Und doch hat der Countdown schon begonnen, kleines Mädchen, verliere keine Zeit, nicht einen Augenblick, nichts dauert ewig, die Planeten stehen bald in einer Linie, bald werden die sieben Engel die sieben Schalen des göttlichen Zorns auf die Erde ausgießen, bald werden jene vernichtet, die die Erde vernichten, wir sind am Arsch, Kleines, von Anbeginn an, sieh dich um, die Vernichtung ist in uns, es bedarf keines Ungeheuers mit zehn Hörnern und sieben Köpfen, Amazonien brennt, die Sahara ist auf dem Vormarsch, ultraviolette Strahlen brennen Krebs in unsere Haut, Epidemien, Plagen, Hungersnöte, dies ist der Dritte Globale Krieg, man kämpft im Namen von Gewinn und Verlust, und was macht es, wenn für den Sieg das Universum zerstört werden muß, was zählt ist verdienen, der Profit ist Gott und wir sind seine Soldaten, und wir sind verloren, kleines Mädchen, verloren, verloren, verloren, und du auch, in deiner Scheiß-Uniform.

16.

Sie haben im Garten bei Kerzenschein zu Abend gegessen. Ich bin heimlich in die Küche hinuntergegangen, habe Toastbrot und einen Apfel genommen und in meinem Zimmer gegessen, im Dunkeln. Später hörte ich Klavierspiel, erst einfache Übungen, dann ein Lied, das bis zum Erbrechen wiederholt wurde, jedesmal mit demselben Hänger bei derselben Strophe, der dritten, und jedesmal gefolgt von demselben mütterlichen Beifall. Wir könnten alles haben, kam mir in den Sinn, und statt dessen haben wir nichts. Wir könnten alles haben, und statt dessen haben wir nichts. Wir könnten alles haben, und statt dessen.

17.

Ich greife nach der Uhr, drei Uhr nachts, Schreie, die aus dem unteren Stockwerk kommen, hysterisch, Schreie weidwunder Tiere, und Weinen, und Wörter, die ich nicht verstehe, da ist sie, meine Jugend, hier, auf dieser Bühne aufgeführt, in einer anderen Sprache, fern in Raum und Zeit, und doch sie, gleich, identisch, Ehrenwort, natürlich wechseln die Darsteller, so ist das bei den Klassikern, obwohl – irgendwann stutzt man bei diesem Gedanken, ich frage mich, ob das, woran ich mich erinnere, wirklich mit meiner Jugend übereinstimmt oder nicht eher mit der eines anderen oder unzähliger anderer, von mir dargestellter, möglich wär's.

18.

Meine Mutter ruft mich an ich bin da sagt sie wie da frage ich du warst doch tot na und antwortet sie und teilt mir mit daß sie herkommt um dann ohne etwas hinzuzufügen aufzulegen ich kann mich meiner Mutter so nicht präsentieren ohne einen Pfennig in dieser Scheißstadt dreckig hungrig müde was wird sie denken wenn sie mich so sieht ich muß abhauen ich würde ihr gern wenigstens guten Tag sagen aber ich muß abhauen abhauen abhauen abhauen.

19.

Im Licht der Sonne wirkt alles ruhig, außer meinen Händen, die zittern, ohne daß es mir gelingt, sie ruhig zu halten. Ich beschließe, aus dem Haus zu gehen, ich habe keine Lust, mitten in die Nachwehen eines Familiendramas zu geraten. Ich habe genug von Familiendramen. Ich habe genug vom Rumgeschreie im Haus. Ich habe genug von hysterischem Geheule, Nervenkrisen, Anfällen. Die Heilige Familie. Heiliger Hort der Vergewaltigung. Heiliger Hort des Inzests. Heiliger Hort der Bauchhöhlenschwangerschaft. Heiliger Hort der künstlichen Befruchtung. Heiliger Hort des Preisvorteils. Heiliger Hort des Bauspardarlehens. Heiliger Hort des Satanskults. Heiliger Hort des Familienkombis. Heilige Zustimmung des Familienrats. Heilige Erhaltung der Art. Einer Art von Karrieremachern, Diamantensuchern, Arschleckern, der auch ich angehöre, Seriennummer fünfmilliardenachthundertsiebenundneunzigmillionendreihundertzweiundvierzigtausendsechshundertelf oder so um den Dreh. Ich lege das Ohr an die Tür und lausche, auf der Treppe höre ich Schritte. Ich schließe mich ein, sitze auf dem Fußboden und denke nur noch LASST MICH IN RUHE. Die Schritte kommen näher, bleiben stehen. Die Hände zittern, die Finger zittern, die Arme zittern, die Schultern zittern, die Füße zittern, die Beine zittern, da draußen ist jemand, ich will niemanden sehen, ich ertrage mich nicht mehr, ich flehe euch an, LASST MICH IN RUHE.

20.

Mutter und Tochter sind weggegangen. Ich habe Hunger. Ich gehe hinunter und kontrolliere den Kühlschrankinhalt: Drecks-Butter, Scheiß-Marmelade, Ätz-Erbsen, Orangensaft, Mineralwasser, Wein aus der Toskana, sonst nichts. Ätz-Erbsen. Scheiß-Marmelade. Drecks-Butter. Ich könnte eine Ätz-Erbse in zwei Hälften schneiden, sie mit Dreck buttern und diese Scheiß-Marmelade draufstreichen. Ich nehme die Dose mit den Erbsen und schaufle mir etwa einen Teelöffel rein. Sie sind hart, fade, halb gefroren. Ich mache die Anrichte auf: Cornflakes, nur Cornflakes, noch mehr Cornflakes, mit Honig, aus Reis, als Müsli, mit Schokolade, aus Vollkorn. Sonst nichts. Ich knabbere ein paar Cornflakes. Schmeckt wie bröseliger Wandputz. Außerdem gibt's im Kühlschrank auch keine Milch. Ich geb's auf. Dann fällt mir ein, daß ich vielleicht bei den Medikamenten irgendein Aufbaupräparat oder irgendwelche Mineralien finden könnte. Im Bad öffne ich die weißen Schränkchen neben dem Spiegel über dem Waschbecken. Sie sind vollgestopft mit durchsichtigen Glasröhrchen voller bunter Pillen, Antidepressiva, Beruhigungsmittel, Abmagerungsmittel, Verhütungsmittel, Pillen fürs Essen, fürs Schlafen, fürs Kacken, gegen Kopfschmerzen, Übelkeit im Auto, Übelkeit im Flugzeug, Seekrankheit, Magenschmerzen, prämenstruale Beschwerden, aufputschende, fluoreszierende, stimulierende Pillen. Scheiß drauf. Ich gehe zurück in die Küche. In der Schublade der Anrichte finde ich Kekse. Ich packe sie aus. Sie sind verschimmelt. Das Haltbarkeitsdatum auf der Verpackung ist schon länger überschritten. Mit einem Messer kratze ich den graugrünen Schimmel ab. Ich probiere einen. Schmeckt irgendwie komisch. Ich versuche es noch mal mit Butter. Schon besser. Ich setze mich an den Tisch, versuche nicht an die Möglichkeit zu denken, daß die beiden mich überraschen, ohne daß ich sie vorher gehört habe, und esse.

21.

Jemand klopft an meine Tür. Ich hebe den Kopf vom Kissen. Zum Glück habe ich mich eingeschlossen. Wir wollten Sie zu einem Picknick einladen, höre ich das Mädchen sagen. Wir fahren raus aufs Land, es wird Ihnen gefallen.

Sorgfältig vermeide ich das kleinste Geräusch. Wir würden uns freuen, wenn Sie mitkämen. Ich halte den Atem an. Ich warte. Dann höre ich Schritte, die sich entfernen, die Treppe hinunter. Ich atme weiter.

22.

Sie haben das Auto mit Decken, Getränken und Körben beladen und sind weggefahren. Ich stürze nach unten, um einen Blick in die Küche zu werfen. Nach den gebutterten und verschimmelten Keksen von gestern habe ich nichts mehr zwischen die Zähne bekommen. Auf dem gedeckten Tisch stehen Reissalat, eine Gemüsetorte, zwei Äpfel, Wein. Auch ein Zettel liegt da. Für unseren Gast. Ist noch jemand im Haus, und ich habe es nicht bemerkt? Ich sehe im Wohnzimmer und im Garten nach. Ich nehme die Badezimmer im Obergeschoß unter die Lupe, die Schlafzimmer, die Abstellkammer. Niemand da. Keinerlei Spur irgendeiner Lebensform. Für unseren Gast. Die müssen mich meinen.

23.

Ohne etwas anzurühren, gehe ich aus dem Haus. Ich begreife nicht, warum sie mir dieses Essen auf den Tisch gestellt haben. Wer bin ich für sie? Was habe ich getan, um so etwas zu verdienen? Seit drei Wochen zahle ich die Miete nicht. Ab und zu stehle ich Toastbrot. Wenn sie nach mir suchen, tue ich so, als wäre ich nicht da. Ich begreife es nicht. Im Laufen suche ich mechanisch den Bürgersteig nach Eßbarem ab, aber heute morgen ist niemandem auch nur ein Bonbon aus der Einkaufstasche gefallen. Als ich den Fluß erreiche, bin ich schon wieder erschöpft, vielleicht fühlt man sich so ja im Alter, nach wenigen Schritten schon kaputt. Hinter einer Kneipe setze ich mich auf eine Bank. Auf dem Pflaster blinken die zerbrochenen Überreste von Dutzenden von Gläsern. Wenn ich ein paar finden würde, die noch heil sind, könnte ich versuchen, sie weiterzuverkaufen. Vielleicht sollte ich auch in eine dieser Stuben gehen, wo die Heilsarmee Armenspeisungen veranstaltet. Für einen Teller Suppe so tun, als würde ich beten, die Vergebung eines Gottes erflehen, den es nicht gibt. Mein Magen gibt seltsame Geräusche von sich. Ist es das nicht, was ich mein ganzes Leben lang getan habe? So zu tun, als würde ich an etwas glauben, im Tausch gegen viele Teller Suppe? Ich lege mich hin. Ich schließe die Augen. Um mich herum höre ich nur das ferne Dröhnen des Verkehrs. Scheiß auf Götter, die es nicht gibt. Scheiß auf den Teller Suppe.

24.

Das riesige Flugzeug aus dem ich gestiegen bin steht unbeweglich im Sonnenschein und nimmt die ganze Landebahn ein ich stehe Schlange an der Grenze hinter Tausenden von Menschen ohne Gepäck nach einer Ewigkeit komme ich an die Reihe ein Polizist fragt mich nach einem Ausweis ich krame in den Taschen ich habe nichts ohne einen Ausweis können Sie nicht durch klärt mich der Typ hinter dem Schalter auf also kehre ich um ohne Papiere können Sie nicht weggehen ruft der Mund über der Uniform die Passagiere sind jetzt schon im Flughafen auch der Polizist geht weg ich bleibe eingeschlossen zwischen Glaswänden unmöglich zurückzugehen unmöglich vorwärtszugehen.

25.

Es ist Abend, als ich auf dem Nachhauseweg in die Straße einbiege, wo ich wohne. Doch als ich den Blick hebe, merke ich, daß meine Beine nicht weiter wollen: Genau vor Nummer 72 steht ein großes schwarzes Taxi, unbeweglich, aber mit laufendem Motor. Die Tür des Hauses steht offen. Zuerst kommt die Mutter heraus. Sie hat einen riesigen Koffer dabei. Der Fahrer hilft ihr, ihn in den Wagen zu heben. Dann sehe ich die Tochter, die jetzt wieder die Schuluniform anhat. Die beiden Frauen umarmen sich. Die jüngere steigt in das Taxi. Sie fährt ab. Ciao, Lämmchen, das die Welt erretten wird, denke ich. Ich weiß nicht mal, wie du heißt, und wir haben uns nie unterhalten, und wir werden uns nie wiedersehen und auch nie kennenlernen, und trotzdem tut es mir leid, daß du fortgehst. Als Junge hätte ich mich in dich verliebt, da bin ich sicher. Die Haare im Wind, hätten wir uns umarmt, zwei glückliche Sechzehnjährige wie in der Werbung für ein Erfrischungsgetränk, ha ha ha. Das, was hätte sein können, ist nicht gewesen, ewige Möglichkeit in der Welt der Hypothesen oder so was in der Art, hat mal irgendein Dichter geschwafelt. Aber wen interessiert das schon, Dichter sind keine anständigen Menschen. Das Taxi biegt um die Ecke, verschwindet, fährt davon. Schade.

26.

Drei oder vier Tage lang kann ich ihr noch entkommen, eines Morgens dann lasse ich mich in flagranti erwischen, schlimmer als ein kleiner Junge, mit zwei Scheiben Toastbrot im Mund. Sie sagt lächelnd guten Tag, ich murmele ein Hallo, während ich vor Verlegenheit rot werde. Ich habe mir überlegt, ein neues Sofa fürs Wohnzimmer zu kaufen, eröffnet sie mir, möchten Sie heute abend nicht mit mir einen Blick in den Ikea-Katalog werfen? Aber, wende ich, immer noch mit vollem Mund, ein, ich bin kein Innenarchitekt. Ach, macht doch nichts, entgegnet prompt die Hartnäckige, macht gar nichts.

27.

Gestern abend habe ich den Katalog verschwinden lassen und bin selbst verschwunden, aber es hat nichts genützt. Heute hat sie vor dem Badezimmer auf mich gewartet: Ich hatte nicht die Geistesgegenwart, mir eine berufliche Verpflichtung als Ausrede einfallen zu lassen, deshalb stehe ich nun hier, mitten im Ikea. Das Sofa hat sie offensichtlich sofort vergessen, sobald sie eine Tischlampe aus naturfarbener Keramik mit Schirm aus Fantasy-Baumwolle über Polystyrolgeflecht erblickte. Nach der Lampe hat sie sich, der Reihe nach, verliebt in: einen Sessel aus Massivholz und Preßspan mit Sitzpolstern aus Polyäther/Polyesterfasern und Bezug Myra natur, Baumwolle; ein TV-Möbel, klarlackiertes Buchenfurnier auf Hartfaserplatte, inklusive Rollen und Fach für den Videorecorder; ein Set mit Hausputzzubehör aus ökologischen Materialien, bestehend aus

Handfeger und Kehrblech mit kurzem Griff, Wischmob, Eimer aus rostfreiem, galvanisiertem Blech; einen extraflachen Schuhschrank aus Stahlblech und Polystyrol mit Polyamidgriffen, in weiß oder naturfarben. Danach habe ich sowohl über die Gegenstände als auch über ihre Ausrufe der Begeisterung den Überblick verloren. Wir schweifen durch eine endlose Abfolge von falschen Stilleben, hier eine auf rustikal getrimmte Hänsel-und-Gretel-Küche, dort ein auf Sadomaso getrimmtes Helmut-Newton-Badezimmer. Überall stehen falsche Blumen und falsche Bücher herum, auch der Fußboden, über den wir laufen, ist ein falscher Boden, als bewegte man sich im Set einer Soap opera, falsche Leben kaufen hier ihre falschen Dekorationen, händchenhaltende Verlobte, Familien mit Nachwuchs im Schlepptau, Touristen, aber man weiß ja, es ist ein Schnäppchen, Tiefstpreise, Ratenzahlungen, SONDERANGEBOTE, RABATTE, PROZENTE. Hier und da bricht ein vor- oder nachehelicher, pro- oder kontrakoitaler Streit aus, der Schrank hier paßt nicht zum Bett, ja aber für die Vorhänge wäre er die ideale Lösung, ein Herr in den Sechzigern mit Täschchen in der Hand erklärt mir zitternd: Ich habe mich verlaufen, ich habe mich verlaufen. Verdammte Scheiße, was mache ich hier, möchte ich wissen, wie lange verdammt wollen die in der Ukraine noch warten, bis sie einen Blitzkrieg provozieren, sei er nun mit Atom- oder Wasserstoffbomben oder von mir aus auch bakteriologisch geführt, total?

28.

Am Ende ersteht sie zwei Kerzen. Sinnlos der Versuch, sich für eins der zwölftausendeinhunderteinundzwanzig ausgestellten Sofas zu entscheiden, ganz zu schweigen von den miteinander kombinierbaren Bezügen, die dem gewünschten Modell – im Rahmen der lieferbaren Phantasien – einen originellen Anstrich zu geben vermögen. Dann, während wir im Auto vor einer Ampel warten, fragt sie mich: Warum bleiben Sie nicht für immer bei mir? Ich lebe schon zu lange allein. Meine Tochter ist jetzt erwachsen. Außerdem liebe ich Italien. Und die Italiener.

29.

Sie kocht mir ein warmes Abendessen. Wir speisen bei Kerzenlicht. Beim Obst streichelt sie meinen Kopf. Ich komme nicht umhin, durch den Ausschnitt der Bluse auf ihren Busen zu schauen. Ich warte drüben auf dich, im Wohnzimmer, wispert sie mir zu. Ich bleibe sitzen, mein Bauch platzt gleich, mein Blick ist stier, wie bei einem Schwein, das sich überfressen hat.

30.

Ich habe alles angezogen, was ich besitze. Den Cordanzug. Das Hemd. Die Strümpfe. Die Schuhe. Zwei T-Shirts. Drei Unterhosen. Übereinander. Ich möchte nicht mit einer Plastiktüte durch die Gegend laufen.

Ich habe ihr den Schlüssel auf das Tischchen am Eingang gelegt. Ich bin gegangen, ohne mich zu verabschieden. Durch die Tür hat man den Fernseher gehört. Ich wollte sie nicht stören.

5. *Kapitel*

1.

Jemand folgt mir durch den dreckigen gelben Trichter der Treppe jemand folgt mir durch den Abfall in der unterirdischen Station jemand folgt mir nach unten unten immer weiter nach unten jemand folgt mir über eine Million Stufen jemand folgt mir das Ende kommt nie jemand folgt mir die Treppe schraubt sich wie eine Spirale jemand folgt mir schwitzend renne ich ohne mich umzudrehen jemand folgt mir im grellen Neonlicht stolpere ich jemand folgt mir die Stufen ziehen sich zusammen jemand folgt mir Stimmen in der Dunkelheit hinter mir jemand folgt mir Echos von Schritten und obszönem Gelächter jemand folgt mir nach unten noch weiter nach unten jemand folgt mir auf den Grund des Lochs jemand folgt mir RENN MENSCH RENN jemand folgt mir ich muß einen Zug finden jemand folgt mir ich weiß sie wollen mich holen jemand folgt mir ich versuche mich noch schneller zu bewegen jemand folgt mir ich schwimme im Schweiß jemand folgt mir sie wollen mich holen ich höre sie.

2.

Ich muß es ruhig angehen, ich muß es ruhig angehen, ich muß es ruhig, ruhig, ruhig angehen, ich muß mich beruhigen, ich muß mich beruhigen, ich muß mich beruhigen, ich muß mich beruhigen, beruhigen, beruhigen, beruhigen, alles ist gut, alles ist gut, alles ist gut, ich muß in aller Ruhe denken, daß alles gut ist, bestens, bestens, bestens, alles ist in Ordnung, alles läuft optimal, ich muß nur die Ruhe bewahren, Ruhe bewahren, Ruhe bewahren, der Kopf ist in Ordnung, die Nerven sind in Ordnung, alles ist in Ordnung, in Ordnung, in Ordnung, in Ordnung, in Ordnung, in Ordnung, inOrdnung.

3.

Schlafen: Ich habe einen Horror davor, im Halbdunkel der Straßen einzuschlafen, ständig höre ich Geräusche, Schritte, Autos, Sirenen, Vögel, Katzen, Mäuse, streunende Hunde, ich kann mich einfach nicht ausruhen, die Lider fallen mir zu, aber mit einem Ruck öffne ich sie wieder, ich fahre auf, besessen vom Licht der Laternen, besessen vom Schatten der Häuser, besessen von jedem, der mich hier finden könnte, einen erwachsenen Fötus in Fötalstellung auf der Schwelle einer Apotheke oder eines Spirituosenladens oder einer Wäscherei, Polizisten, Penner, Rowdys, Fixer, Dealer, vielleicht auch nur ein paar Jungs aus gutem Hause, die sich amüsieren wollen, die fähig sind, mich vollzupissen oder mir mit einem Backstein den Kopf einzuschlagen, während ich schlafe, es ist kalt, ich habe Angst, die Nacht ist dunkel und eisig, nächstens muß ich dran denken, mir Zeitungen zu suchen, Jacke und Hose auszupolstern, genau, den ganzen Körper in Zeitungspapier einzuwickeln, ab morgen werde ich es so machen, das wäre schon eine Lösung, ich muß nur die Nacht überstehen, ich muß nur noch diese Stunden vergehen lassen, um mehr bitte ich nicht.

4.

Heute will ich einfach nicht angestarrt werden. Meinst du, daß mir das Spaß macht? frage ich an der Haltestelle des 14ers einen Typ, der mich anschaut. Meinst du, daß mir das Spaß macht? sage ich noch mal. Das Arschloch antwortet nicht. Er hat die beschissene Fresse eines Buchhalters. He, dich meine ich, meinst du, daß mir das Spaß macht? Er dreht sich zur anderen Seite. Ich gehe um ihn herum. Bist du taub oder was? Meinst du, daß mir das Spaß macht? Das Arschloch senkt den Blick. Er schaut auf meine Schuhe. Was schaust du so bescheuert auf meine Schuhe? Sag mal, du Stück Scheiße, meinst du, daß mir das Spaß macht? Meinst du das? Sag, ob du das meinst, los. Ich wette, du meinst, daß mir das Spaß macht, stimmt's? Er setzt sich in Bewegung. Komm her, geh nicht weg, sage ich zu ihm, ich laß dich eh nicht in Ruhe. Siehst du nicht, daß ich dir folge? Er beschleunigt den Schritt. Ich zerre ihn an der Jacke. Ich halte ihn zurück. Die Passanten ringsherum tun so, als wäre nichts. He, du Marathonläufer, immer mit der Ruhe. Du hast mir noch nicht geantwortet. Meinst du, daß mir das Spaß macht? Schau, es macht mir keinen Spaß. Es gefällt mir wirklich überhaupt nicht. Glaubst du etwa, daß so was Spaß macht? Nicht die Bohne, kapierst du? Kapierst du nicht, was? Ich glaube, jemand mit deinem Gesicht kapiert überhaupt nichts, stimmt's? Antwortest du jetzt, du Arschgesicht? Los, antworte. Nur keine Angst. Was hältst du von mir? Du kannst es mir offen sagen. Was hältst du von mir? Ekle ich dich an? Stinke ich? Gefallen dir meine Schuhe nicht? Warum verdammt schaust du dauernd auf meine Schuhe?

Er will sich verziehen. He, Arschloch, dich meine ich. Ich überhole ihn und pflanze mich vor ihm auf, so daß er nicht vorbei kann. Ich rede mit dir, Arschloch. Antwortest du mir jetzt, ja oder nein? Und schau nicht auf meine Schuhe, kapiert? Ich werde wirklich wütend. MEINST DU VIELLEICHT, DASS MIR DAS SPASS MACHT? brülle ich ihm ins Gesicht. Mit einem Satz springt er in einen anfahrenden Bus. Er schlägt mit dem Gesicht gegen die Haltestange aus Stahl, der Schwachkopf. SCHEISSKERL! ARSCHGESICHT! brülle ich ihm nach. Auf dem Boden sehe ich eine Zigarette. Sie ist noch ganz. Sie muß der Sportskanone aus der Tasche gefallen sein. Ich hebe sie auf. Wenn ich einer dieser Penner wäre, die rauchen, könnte ich meinen, heute wär mein Glückstag. Leider rauche ich nicht. Es wird genauso ein Scheißtag werden wie die vorhergehenden. Ich will die Zigarette wegwerfen, dann überlege ich, daß ich sie vielleicht verkaufen könnte. Wollen Sie diese Zigarette kaufen? frage ich den ersten Menschen, der mir über den Weg läuft, eine Scheißtusse mit beschissener Komteßfresse, blond, elegant, um die Dreißig, kurzer Rock, hohe Absätze und so weiter. Sie gibt keine Antwort und geht an mir vorbei. HE, DICH MEINE ICH! WILLST DU DIESE ZIGARETTE KAUFEN?

5.

Stundenlang hänge ich vor dem Schaufenster einer Konditorei im ehemaligen Rotlichtviertel. Ich betrachte das ausgestellte Gebäck, Glasuren, Baiser, Kandiertes, die Verzierungen aus Erdbeeren, Äpfeln, Pfirsichen, Aprikosen, und dann die Torten, die Brötchen, die Pizzen, die Kuchen, die Sandwiches, gefüllt mit Tomaten, Eiern, Sardellen, Spinat, Käse, Salat: Die Serviererinnen flitzen zwischen Küche und Tischen hin und her, Teller werden geleert und gefüllt, die Leute, die unter den Ventilatoren sitzen, essen und trinken und essen und reden, mir läuft das Wasser im Mund zusammen, die Luftblase in meinem Bauch wird immer größer, der Mann an der Kasse richtet ab und zu einen drohenden Blick auf mich, am liebsten würde er herauskommen und mich verjagen, aber er hat zuviel zu tun, er kann es nicht, aus den Schaufenstern heraus füllt das bunte Essen meine Augen, ich habe Hunger, Hunger, Hunger, Hunger, gelbe Pfirsiche, rote Erdbeeren, grüne Wassermelonen, bring mich doch jemand weg von hier, schnell.

6.

Auf eins muß ich achten, wenn ich Hunger habe, mit anderen Worten immer: Schluß mit den Lebensmittelgeschäften, den Obsthandlungen, den Konditoreien. Schluß mit den Straßen, wo die Leute im Freien Reissalat, Fenchel, Artischocken in sich reinstopfen, an Cafétischen auf dem Bürgersteig sitzend. Schluß mit den angelehnten Türen, hinter denen sich Restaurantküchen verbergen, aus denen abwechselnd der Duft von Spaghetti Bolognese, Fleischspießchen in Weißweinsoße, Räucherlachs entweicht. Schluß mit jedweder Darstellung von Essen, angefangen bei den Schaufenstern mancher Buchhandlungen, in denen sich die Titel über Kochkunst stapeln, 365 VORSPEISEN, SÜSSE KÖSTLICHKEITEN, ISS TIBETANISCH, bis hin zu den Plakaten der Programmkinos, die es fertigbringen, FRÜHSTÜCK BEI TIFFANY, DELICATESSEN, DAS GROSSE FRESSEN anzukündigen, ganz zu schweigen von den gigantischen Plakaten der Werbeindustrie, die vor Hamburgern, Hühnchen, Pommes frites, Eis nur so überquellen. Wohin immer ich mich auch wende, sehe ich Nahrungsmittel. Ich schließe die Augen, und in der Dunkelheit materialisieren sich Brote, die so groß sind wie fliegende Untertassen oder Asteroiden. Seit zwei Tagen habe ich nichts mehr gegessen.

7.

Ich klettere über die unbewachte Reihe der pneumatischen Türen und gelange in eine menschenleere U-Bahn-Station, wo ich versuche, den Süßwaren-Automaten einzutreten, ich trete und trete, aber das Ding kriegt nicht mal eine Beule, dafür reißt mir ein Schuh an der Spitze auf, verdammter Mist, das hat gerade noch gefehlt, so ein Scheiß kaputter Schuh statt einer Mars-Lawine, SCHEISSE schreie ich so laut ich kann, SCHEISSE SCHEISSE SCHEISSE SCHEISSE, ich bücke mich, untersuche den Schuh, das Scheißding hat ganz eindeutig ein Loch, ich müßte es flicken oder kleben lassen, aber was das wieder kostet, auf einem Plakat lese ich TRAG UNSERE UHREN, UND DEIN LEBEN BEGINNT VON VORN, ich richte mich wieder auf und entdecke hinter mir ein blondes Mädel, wo kommt die denn her, ausgerechnet jetzt, sie muß alles mitangesehen haben und würde bestimmt am liebsten laut loslachen, ich wette, sie findet mich grotesk, komisch, lächerlich, unfähig wie ich bin, selbst so einen Automaten mit Schokoriegeln auszunehmen, und mit einem stinkenden Fuß, der aus einem Schuh hervorschaut, sie lacht nicht, weil ich ihr trotz allem Angst einjage, allein mit einem Mann in diesem Zustand in der menschenleeren U-Bahn, WARUM LACHST DU NICHT? fahre ich sie an, ohne Zeit zu verlieren, WARUM LACHST DU NICHT? brülle ich sie an, so laut ich kann, während sich aus dem schwarzen Tunnel ein Zug nähert, seelenruhig zieht sie eine Zigarette aus der Jacke, hast du Feuer? fragt sie mich, ich betrachte sie eingehender, ich könnte nicht sagen, ob sie vierzehn ist oder dreißig, nein, antworte ich, wenn du willst, ich habe auch eine Zigarette, der Zug fährt ein, hält an, sie steigt in den letzten Wagen, lächelt mir zu und verschwindet.

8.

Ich sitze auf dem Bürgersteig einer Marktstraße, den Kopf zwischen den Beinen vergraben. Auf dem Boden vor mir ein Schild aus Pappkarton: ICH HABE HUNGER. Ab und zu werfe ich einen Blick durch den hellen Spalt zwischen den verschränkten Armen und den Unterschenkeln, alles was ich sehe, sind Füße, die vor einem Stand stehenbleiben oder langsam weitergehen. Ein paar Meter weiter spielt ein alter Mann, zahnlos, aber im Cut, wahrscheinlich slawische Weisen auf einer Geige, die mal wieder gestimmt werden könnte. Die Leute bleiben stehen, um ihm zuzuhören, und legen Münzen in einen Hut auf dem Asphalt. Wenn die gleichen Leute zu lange dastehen, fängt er wieder mit den Stücken an, die er bereits gespielt hat, so daß sie weitergehen und neuen Zuschauern Platz machen. Manchmal tun Kinder so, als würden sie mir etwas geben, dann laufen sie unter schadenfrohem Gelächter davon, oder sie werfen mir ihren Kaugummi oder altes Papier zu. Niemand scheint mir Geld geben zu wollen. Ich biete kein Schauspiel, also habe ich den Hunger verdient.

9.

Ein ordentliches Äußeres ist entscheidend. Ich knöpfe mir den Hemdkragen zu. Ich kämme mich mit den Fingern. Mit den Handflächen glätte ich Cordjacke und -hose. Ich betrete einen Supermarkt: Ich steuere geradewegs die Lebensmittelabteilung an. Nirgendwo Detektive oder Videokameras. Die Kassensperre ist weit weg. Ein farbiger Angestellter wischt den Fußboden. Ich stelle mich hinter ihn und stecke mir eine ganze Tomate in den Mund. Ich lasse ein paar Sekunden vergehen. Niemand kommt an und beschwert sich. Ich zerquetsche sie. Der Saft spritzt mir in den Rachen und über die Lippen. Ich kaue. Ein wunderbares Gefühl. Mit derselben Methode lasse ich drei Pflaumen, eine Kiwi samt Schale und ein Stück Käse verschwinden. Dann taucht hinter einem Regal ein kleines Mädchen auf. Es sieht mir beim Kauen zu. Es ruft seine Mutter. Ich wende mich dem Ausgang zu und gebe acht, nicht zu rennen.

10.

Ich ändere Objekt, Stadtteil, Uhrzeit: Ich folge einem Detektiv durch den ganzen Laden und kriege mit, daß er sich in der Toilette einschließt. Die Kassiererinnen tippen einen Bon nach dem anderen. Die Kunden zahlen diszipliniert. Still lassen die Videokameras ihre Haifischmäuler kreisen, schnüffeln überall herum. Überall, nur hier nicht. Jetzt, in diesem Augenblick. Ich greife mir eine Extra-Luxuspackung Pfefferminzpralinen. Gleich kommt der Detektiv aus der Toilette. Gleich sehen die Kassiererinnen von ihren Kassen auf. Die Kunden sind noch unentschieden, ob sie sich geschlossen zu mir hindrehen sollen. Die Videokameras haben gewendet und durchpflügen die Luft in meine Richtung. Jetzt. Oder nie. Ich klemme mir die Pralinen unter die Jacke, zwischen Achsel und Arm. Der Detektiv kommt wieder raus. Eine Kassiererin lächelt mir zu. Drei Kunden mustern mich. Die Videokameras fangen mich ein, den Rachen weit aufgerissen, leer. Ich sehe mich auf dem Kontrollmonitor, ein graues Gespenst, das geht: Das ist mein Abbild, vielleicht existiere ich ja wenigstens im geschlossenen System der Videoüberwachung noch. Gemessenen Schrittes, mit hocherhobenem Kopf erreiche ich den Ausgang. Ich erwidere das Lächeln der Kassiererin. Geschafft.

11.

In den Supermärkten sind diese Woche Braeburnäpfel im Angebot, aber Äpfel stehen mir bis hier: Ich treibe mich zwischen den Lebensmittelständen in den Straßen des Schwarzenviertels herum, wahrscheinlich ist es Freitag nachmittag, kein Tourist in dieser Gegend, niemand, der ein Erinnerungsfoto von mir schießen könnte, wie ich eine Kartoffel vom Boden aufhebe, ich muß nur meine Verlegenheit überwinden beziehungsweise die Scham, so tun, als hätten die Kinder am Schulausgang und die Alten dort vor der Kneipe und die jungen Mütter, die ihre Kinderwagen den Hügel rauf und runter schieben, und natürlich die tätowierten Prachtexemplare, die hinter Bergen von Fleisch, Käse, Obst, Gemüse das Preis-Mengen-Verhältnis herausschreien, mit anderen Worten: alle, keine Augen für mich, wie ich mich hier mitten in den Pfützen über den Asphalt beuge; ein Sandwichmann rempelt mich an, auf seinem Rücken kann ich gerade noch JESUS SAGT: DEN WILL ICH ERRETTEN, DER ... entziffern, dann verschwindet die Schrift in der Menge, aber was soll's, hey, der Sellerie da ist ja fast noch ganz, und da, eine nur zur Hälfte matschige Birne, ein paar Salatblätter, phantastisch, ich fülle mir die Taschen mit allem, was so kommt, und zwinge mich dabei, die Blicke zu ignorieren, Augäpfel, die aus allen Richtungen auf mich gerichtet werden; Finger, die auf mich zeigen, Lippen, die mich benennen, seht mal der, seht mal der, seht mal der da, sammelt Abfälle wie ein Tier, der ist fähig und ißt das ungewaschen, wie ein Schwein im Zoo, ein menschlicher Schweinsaffe, seit einiger Zeit laufen hier ja seltsame Lebensformen in der Stadt herum, ohne Grund beginne ich laut zu lachen, ich schleiche in eine kleine Seitenstraße, stopfe mir eine schwarze und säuerliche und weiche Banane in den Mund, die Häuser ringsherum scheinen unbewohnt zu sein, keine Menschenseele hinter den hohen, weißen Fenstern, ich bin ein Gespenst unter Gespenstern, ich sitze auf den Stufen eines Hauseingangs, in den ungepflegten Beeten liegen Unrat und Zementsäcke herum, wenn ich bloß ein Glas Wasser hätte, denke ich.

12.

Bienen: Ich wache auf unter einer Bienenattacke, Bienen umschwirren mich, sie wollen mir in den Mund krabbeln, in die Ohren, in die Nase, in die Haare, ich bin eine Zielscheibe für Bienen, die Arbeiterbienen blasen zur Jagd auf mich, sie ertragen keine unproduktiven Wesen, wie ich es bin, wer nicht produziert, wird gefressen, so lautet das Gesetz, das Gesetz des Bienenreichs, das Gesetz der Bienenkönigin, produziere, oder du bist nicht wert zu leben, eine Biene ist in meinen Kopf gekrochen, ich spüre sie deutlich, sie fliegt und stößt gegen die Schädelwände, sie durchlöchert mein ganzes Gehirn, krabbelt in mir drin, frißt mein Hirngewebe, ich schlage mit dem Kopf hin und her und laufe davon, pralle gegen zwei Passanten, knalle gegen eine Mauer, stecke mir eine Hand in den Hals und versuche, an sie heranzukommen, ihr Stachel sticht in die Gedanken, ich schreie, stechender Schmerz, ich renne, renne, renne, immer schneller, wenn ich sie doch nur herausbekäme und vor ihr weglaufen könnte, ich lege den Kopf zur Seite, schlage mit der Hand gegen die Schläfe, nichts zu machen, es gibt keinen Weg, sie aus meinem Ohr herauszubekommen, HOL MIR DOCH JEMAND DIESES MONSTER AUS DEM KOPF, jetzt müssen es schon zehn oder zwanzig Bienen sein, überall im Gehirn spüre ich die Einstiche, ich werde produzieren, was ihr wollt, laßt mich gehen, ich werde euer Hund sein, euer Sklave, euer Wurm.

13.

Später Nachmittag. Endstation des 22ers. Ich verstehe nicht, warum ich hergekommen bin. Fahrer und Schaffner sitzen auf einer Bank und unterhalten sich. Widerliches Wetter. Wind und Wolken und Kälte. Bald wird es regnen. Ich lehne mich gegen einen Baum. Wind des Nordens fegt über den Rasen des Nordens. Über mir nur das Grau des Himmels. Unter mir nur das Grün des Grases. Seit drei Tagen habe ich nichts mehr gegessen. Mir schwirrt der Kopf. Mich fröstelt. Ich schwitze. Es fängt an zu regnen. Ich habe nicht die Kraft, mich zu bewegen. Der Wind fegt auch den Regen hinweg, der von allen Seiten auf mich einprasselt, sogar auf Hals und Rücken. Ich zähle bis drei, dann gehe ich. Eins. Zwei. Drei. Nichts zu machen. Ich gehe nicht. Ich zähle bis zehn. Eins. Zwei. Drei. Vier. Fünf. Sechs. Sieben. Acht. Neun. Zehn. Zehn. Zehn. Es regnet immer heftiger. Okay. Ich gehe. Ohne Eile erreiche ich den Bus. Ich steige ein. Fahrer und Schaffner ignorieren mich. Sie sitzen unter dem Schutzdach und unterhalten sich über Arbeitszeiten und Gehälter. Wenn er losfährt, steige ich aus. Ich halte mich an den Handläufen fest und gehe durch den Dickhäuter. Er ist leer. Ich lasse mich auf einen Sitz fallen. Ich spüre meine Beine nicht mehr. Auf dem Fußboden im Gang bemerke ich ein Etui aus schwarzem Leder. Ich hebe es auf. Ich hebe es nicht auf. Draußen höre ich eine dritte Stimme, ziemlich aufgeregt. Ich hebe es auf und stecke es zwischen Hemd und Hose, da wo die Wirbelsäule endet. Eilige Schritte. Ein Typ um die Zwanzig. Schwarze Jeans. Schwarzes Hemd. Klatschnaß. Er geht geradewegs zu einem Sitz. Er kniet sich hin. Er flucht. Er kehrt zurück, zu mir. He, Freund, hast du zufällig ein Portemonnaie gesehen? Er fragt mich das mit hervortretenden Augen, am liebsten würde er brüllen. Nein.

Ein ziemlich kleines, schwarzes Portemonnaie. Nein, tut mir leid. Bist du sicher? Er fragt mich das aus zwei Zentimeter Entfernung. In seinen Pupillen sehe ich mein Spiegelbild. Mein Gesicht sieht aus, als ob ein LKW darübergefahren wäre. Seins auch. Nein, wirklich, ich hab's nicht gesehen, antworte ich ruhig. ICH BIN AN DER VORLETZTEN HALTESTELLE AUSGESTIEGEN, UND FALLS KEIN ANDERER ES IN DEN PAAR MINUTEN EINGESTECKT HAT, DANN HAST DU ES, GIB'S HER. Ich wende die Taschen von Hose und Jacke nach außen. Ich habe es nicht, kapiert? Er flucht, sieht ein letztes Mal auf den Sitzen nach, wirft mir einen haßerfüllten Blick zu und verzieht sich. Vor dem Fenster geht ein Schatten davon, der nach den Regentropfen tritt. Das muß er sein. Ich ziehe das Portemonnaie hervor. Ich öffne es. Es enthält fünf runde, weiße Pillen, auf der flachen, polierten Oberfläche ist das Chanel-Logo eingeritzt, außerdem einen größeren Geldschein, schmutzig und zerknittert.

14.

Es hat aufgehört zu regnen. Das nächste Restaurant ist an der Straße zum Fluß. Die Fassade strahlt weiß, und durch die Fenster sieht man die weißen Innenwände und die weißen Tischtücher. An der Tür steht eine junge Frau, sehr groß, sehr blond, weiß gekleidet. Etwas pikiert sieht sie mich an und fragt, ob sie mir helfen könne. Es ist früh, und das Lokal hinter ihr scheint menschenleer, ein weißes, geparktes Raumschiff, das auf Gäste wartet. Einen Tisch, ich möchte einen Tisch, sage ich. Sie mustert meine Schuhe, meine Kleider, meine Hände, mein Gesicht. Ich bin gerade aus Afrika zurückgekehrt, sage ich aufs Geratewohl, ich arbeite als Journalist für die CNN. Ich wohne gleich um die Ecke, aber bevor ich mich um mein Äußeres kümmere und mich umziehe, möchte ich etwas Anständiges essen. Das Leben ist hart da unten, unterstreiche ich mit einem Lächeln. Unerklärlicherweise führt sie mich an einen Tisch im hintersten Raum und hält mir die Speisekarte hin. Ich nehme Platz. Ausgiebig studiere ich die Karte. Ich kenne kein einziges Gericht. Ein Kellner in Weiß will wissen, ob ich Brot wünsche: Sie haben drei verschiedene Sorten, aus Soja, aus Roggen, aus Sesam. Ich nehme zwei Scheiben von jedem. Unverzüglich beiße ich in eine. Ohne zu kauen, schlucke ich sie runter. Ein zweiter Kellner fragt, was ich zu trinken wünsche. Rotwein, Weißwein, Rosé. Karaffe, Flasche, australisch, neuseeländisch, kalifornisch. Ich bestelle eine Flasche Weißwein. Er rattert eine Reihe von Namen runter. Irgendeinen, rufe ich, während ich eine zweite Scheibe Brot verschlinge, in einem Stück. Das Gefühl, etwas herunterzuschlucken, ist großartig, obwohl ich nicht kaue. Die Wahrheit ist, daß ich gerne kauen würde, aber ich habe nicht die Zeit dafür. Ich will nur meinen Magen füllen. Der Wein wird gebracht. Ob ich probieren möchte? Nein, ich ziehe es vor, ihn zu trinken. Wie durch Zauberhand füllt sich das Glas. Ich trinke. Dann taucht die Frau wieder auf. Haben Sie gewählt? Mit einem ziemlich schmutzigen Finger deute ich auf zwei Vorspeisen, zwei erste Gänge, zwei Hauptgerichte, zwei Beilagen, zwei Desserts. Sie stutzt. Erwarten Sie jemanden? Nein, niemanden. Sie zieht wieder ab. Ich stopfe mir die dritte Scheibe Brot in den Rachen. Weiße Wände. Weiße Tischtücher. Schick, das Lokal. Ich trinke. Wie lange es wohl dauern wird, bis das Essen kommt? Ich bin wohl ein bißchen betrunken. Ich bin es nicht mehr gewöhnt, Wein zu trinken. Es ist, als würden meine Beine unter dem Tisch nicht mehr existieren, oder vielmehr, als wären sie mit heißer Luft gefüllt und schwebten dort oben unter der Decke. Endlich werden die Antipasti gebracht. Ein Fleischsalat mit Pfeffer, Petersilie, Oregano, Chili, Peperonis sowie eine mit Spinat gefüllte Blätterteigrolle, die mit einer komischen braunen Tunke übergossen ist. Ohne zu kauen, schlinge ich alles runter. Die braune Tunke schmeckt scheußlich, sie riecht nach Leiche, aber ich habe keine Zeit, ich gebe dem Kellner einen Wink: Ich möchte mehr Brot. Es wird mir zusammen mit den ersten Gängen gebracht, im vorliegenden Fall ein Safranrisotto und Nudeln mit Meeresfrüchten. Ich bin versucht, sogar die Miesmuscheln in einem Stück hinunterzuschlucken, aber ich widerstehe, bei den Dimensionen ist es nicht ratsam, besser, ich sauge nur das Fleisch heraus. Dafür wandern drei oder vier Schnecken zusammen mit den Spaghetti und dem ganzen Rest hinunter. Nachdem die eliminiert sind, sind die Hauptgerichte dran. Curryhuhn und Seebarsch in Salzkruste. Pommes frites und geschmorte Zwiebeln als Beilagen. Ein Kellner sieht neugierig zu, aber ich ignoriere ihn, ich verschlucke ein Hühnerbein zusammen mit dem Schwanz des Seebarschs, plus eine Gabel mit Pommes, plus eine mit Zwiebeln. Alles ist mit der widerlichen braunen Tunke getränkt. Egal. Hauptsache, der Magen hat seinen Spaß. Langsam treffen Leute ein, man weist ihnen Plätze in den anderen Räumen zu. Erdbeeren mit Eis und eine Aprikosenmousse werden mir vorgesetzt. Mein Bauch drückt zwar gegen die Hose, aber trotz der Schmerzen liquidiere ich auch die Desserts. Schließlich bestelle ich bei der Frau die Rechnung. Ich zahle, unterdrücke dabei ein Rülpsen und lasse ihr ein Trinkgeld da. Ich sage auf Wiedersehen.

15.

Auf der Straße versuche ich, das Essen bei mir zu behalten, ich zwinge mich zu schlucken, aber nach ein paar Schritten muß ich mich übergeben. Mein Magen zieht sich zusammen und gebiert alles, was ich gegessen habe, durch die Speiseröhre, die mit brauner Tunke getränkten Brotscheiben und Gallensäfte, ferner im Stück und noch warm die Meeresfrüchte, die Schnecken, den Reis, die Zwiebeln, alles. Vornübergebeugt auf dem Asphalt kniend, atme ich den Gestank der riesigen Lache ein, die aus meinem Körper herausgekommen ist, schaumig und übelriechend, während die Krämpfe andauern, obwohl mir jetzt nur noch der Speichel zum Spucken bleibt. Ich habe schreckliche Kopfschmerzen. Dann höre ich Schritte hinter mir, ich möchte mich verstecken, ich schaffe es nicht, hochzukommen, ich rutsche auf der Kotze aus, die mir in die Nasenlöcher, die Haare und die Kleider dringt. Ein drei- oder vierjähriger Junge und seine Mutter gehen vorbei. Was ist das? fragt der Kleine und zeigt mit der Hand auf mich. Nichts, antwortet die Mutter, das ist nichts, laß uns weitergehen.

16.

Ich schleiche mich in ein hyperraffiniertes Geschäft mitten im Stadtzentrum ein. Draußen: eine Apokalypse von Passanten und Autos. Drinnen: relaxte Atmosphäre, zwei Damen, die unter den Aufmerksamkeiten von vier Verkäufern in Galauniform superteure Schuhe anprobieren. Als die vier mich erblicken, hören sie sofort auf zu lächeln. In der Hand halte ich meine Schlappen. Meine Füße bluten.

Zwei Roboter kommen auf mich zu. Die anderen beiden plazieren sich zwischen mich und die Damen, die sich überhaupt nicht stören lassen, sie haben nur Augen dafür, ihr neues Schuhwerk im Spiegel zu betrachten. Können wir dem Herrn vielleicht helfen, sagt der größere zu mir, etwas kühl im Ton. Ich würde diese Schuhe gerne gegen ein weniger sommerliches Modell eintauschen, teile ich ihm mit, wobei ich das rechte, an der Spitze offene Exemplar vorzeige. Die schöne Jahreszeit ist bald vorbei. Die beiden schauen auf den Schuh. Sie schauen sich an. Wir machen keine Tauschhandel, klären sie mich unisono auf. Wir verkaufen nur. Ich lächle. Ich verstehe, aber was ist für Sie schon ein Paar Schuhe? Ich gebe Ihnen ein anderes dafür. Sie müssen es doch nur bei der Versicherung als gestohlen melden. Oder Sie vergessen, einem treuen Kunden Rabatt zu geben. Die beiden schütteln den Kopf. Das ist unmöglich, mein Herr, tut uns leid. VON WEGEN, ES INTERESSIERT EUCH EINEN DRECK, brülle ich. Einen Moment lang heben die beiden Damen den Blick von ihren unteren Gliedmaßen. Wenn Sie nicht aus freien Stücken gehen, zwingen Sie uns, die Polizei zu rufen, drohen die beiden Rausschmeißer. Ich sehe mich im Laden um. Er beherbergt etwa zwei Millionen Paar Schuhe. In Ordnung, sage ich. Ich gehe.

Auf der Straße lehne ich mich an das Stahlgeländer, das den Bürgersteig von der Fahrbahn trennt, auf der die Autos vorbeischießen. Ich halte mich kaum noch auf den Beinen, ich weiß nicht, wie ich von hier fortkommen soll. Auf der Seitenwand eines Busses lese ich: WENN POWER DAS LETZTE APHRODISIAKUM IST, SEI BEREIT FÜR DIE VERFÜHRUNG. Es ist die Werbung für ein neues Automodell, das – schlüsselfertig – soviel kostet, wie zehn Generationen mauretanischer Sklaven im Jahr verdienen. Jemand tippt mir auf die Schulter. Die Polizei, denke ich. Ich drehe mich um. Es ist eine der Kundinnen von eben. Ich habe mitbekommen, daß Sie Ihre alten Schuhe gegen ein neues Paar eintauschen wollen, sagt sie. Ich warte darauf, daß sie fortfährt. Wollen Sie mir statt dessen nicht lieber eine Ihrer Nieren verkaufen?

17.

Und während ich mich ziellos durch ein Wohnviertel schleppe, entdecke ich zwei Katzen, zwei Katzen auf der Eingangstreppe eines Hauses, zwei Katzen, die mit gesenktem Kopf fressen, zwei feiste Katzen hinter ihren bunten Näpfen. Ich drehe mich einmal rundherum, ich bin allein: kein Lebenszeichen in diesem Teil der Stadt um zehn Uhr morgens, nicht mal aus Versehen, nur Gebäude, Fenster, Vorhänge, die gleichen Gebäude, die gleichen Fenster, die gleichen Vorhänge, eine mumifizierte Betonwüste, abgesehen von mir und ihnen, dem Homo sapiens und dem Pärchen kauender Feliden. Ich gehe auf die Treppe zu. Die Katzen starren mich an. Eine faucht. Die andere miaut. Ich belle, fuchtle mit den Armen, zeige die Zähne, stampfe mit den Füßen auf das Pflaster. Die beiden räumen kampflos das Feld, springen über ein Mäuerchen, verschwinden hinter der Ecke. Ich hocke mich an den Mittagstisch. Mit den Händen führe ich häppchenweise Kitekat zum Mund, das leicht nach verdorbenem Rindfleisch mieft. In der anderen Schale ist Milch. Hauptsache, ich kotze es nicht wieder aus.

18.

Die hier nimmt auch nur Telefonkarten. Das Problem ist, daß die Telefonzellen, wo man noch mit Münzen telefonieren kann, immer seltener werden, fast alle akzeptieren mittlerweile nur noch virtuelles Geld, da kann unmöglich jemand das Restgeld vergessen, heute habe ich siebenundneunzig Telefonzellen abgeklappert, um ein bißchen Kleingeld zusammenzukriegen, das Problem ist, daß die, wo man noch Münzen einwerfen kann, langsam, aber sicher aus dem Verkehr gezogen werden, es gibt keine mehr, auf jeden Fall sind es weniger als die Hälfte, die anderen nehmen nur Telefon- oder Kreditkarten, American Express, Visa, Mastercard, kein vergessenes Restgeld darin, diese hier nimmt zwar Münzen, aber sie ist leer, siebenundneunzig Telefonzellen für ein bißchen Kleingeld, das Problem ist, daß die, die Münzen akzeptie…

He verdammt, was soll das, rufe ich, als ich merke, daß ein Penner mich an der Jacke aus der Zelle ziehen will, DAS IST MEIN TERRITORIUM, raunzt er mich an, er ist groß und stinkt und schlägt mir seine Faust aufs linke Ohr, das sofort zu pfeifen beginnt, ich falle hin, UND LASS DICH JA NICHT MEHR IN EINER VON MEINEN ZELLEN BLICKEN, DU HUNGERLEIDER! Er zieht ein Messer: In der Dunkelheit empfinde ich mich als genauso schwarz wie er, das Problem sind die Telefon- und Kreditkarten, sage ich zu ihm, es gibt mittlerweile nur noch ganz wenige, die Münzen nehmen, HAU AB, VERSCHWINDE, schneidet er mir das Wort ab, und obwohl ich nicht weiß, wohin ich gehen soll, stehe ich auf und mache mich auf den Weg.

19.

Die Schönste hat langes, blondes, zerzaustes Haar und trägt einen Leoparden-BH über einer schwarzen Strumpfhose, ich habe noch nie eine so schöne Frau wie dich gesehen, spreche ich sie an, sie sieht mich gleichgültig an, die wirklich schönen Frauen sind oft gleichgültig, zumindest hat es den Anschein, wenn du wüßtest, wieviel Hunger ich habe, wärst du nicht so hart zu mir, flüstere ich ihr zu und hoffe, daß ihre Freundinnen es nicht hören, eine trägt ein kariertes Kleid und blickt unter dem blonden Haarschopf mit abwesender Miene drein, die andere dagegen lächelt, auf ihrem Kopf prunkt eine blonde Haarkrone, ihre Brüste sind entblößt, sie ist nur mit durchsichtigen Jeans bekleidet, dafür fehlt ihr ein Arm: Ich frage die erste Blondine, was mit ihrer Freundin passiert ist, sie sieht mich mit ihren blauen Augen an, ohne zu antworten, die Frau mit dem Haarkranz hat ein großes schwarzes Loch anstelle des Arms, ihr könnt euch nicht vorstellen, was ich für ein Steak geben würde, murmle ich an die Scheibe gelehnt, die uns trennt, oder sogar für etwas Brot, gestern habe ich die Seiten eines Buches gegessen, das ich auf einer Bank gefunden habe, es war in einer komischen Sprache geschrieben, der Titel lautete ›Sult‹, erst habe ich lange gekaut, und dann habe ich zwölf, dreizehn Seiten hinuntergeschluckt, das Kauen ist schon ein Trost, habt ihr nichts, was ich mir in den Mund stopfen könnte? Ich stelle die Frage allen dreien, aber sie rühren sich nicht, sie tun so, als würden sie mich nicht sehen, als wäre ich gar nicht da.

20.

Die Nacht ist kalt und sternenlos: Die Lichter haben unnatürliche Farben, sie kommen von den Laternen oder den Leuchtreklamen. Ich laufe völlig entkräftet, mechanisch, schwitzend. Mir schwirrt der Kopf. Ich habe genug. Ich werde zurückgehen und den guten Jungen spielen. Ich werde um Verzeihung bitten. Ich werde mich vor ihnen auf die Knie werfen. Nehmt mich wieder bei euch auf. Ich werde folgsam sein, gehorsam, willfährig, demütig gegenüber den Mächtigen, grausam gegenüber den Verlierern, sadistisch und masochistisch, zu allem bereit, nur um euch zu beweisen, wieviel ich wert bin, ich werde euer Sklave sein, ihr werdet auf mich zählen können, er ist unseres Vertrauens wieder würdig, werdet ihr sagen, ehrgeizig, zäh, siegreich, zu Opfern bereit, gefügig, gewandt, geschmeidig, Gefügigkeit, Gewandtheit und Geschmeidigkeit schließen sich nicht aus, im Gegenteil, sie zählen mehr als jede andere Eigenschaft, man muß zu allem bereit sein, man muß sich anpassen können, auf die Flexibilität kommt es an, das Ziel ist, immer besser zu werden, Sie sind noch einer von uns, Sie sind es immer gewesen, Sie haben nur eine etwas lange Auszeit genommen, aber wie Sie sehen, mußten Sie nur wieder angekrochen kommen, Ihren Posten gibt es natürlich nicht mehr, dafür haben wir einen anderen für Sie gefunden, einen Drecksjob, gewiß, selbst im Vergleich zu Ihrem früheren, aber Fehler sind nicht umsonst, alles muß man bezahlen, alles hat seinen Preis, es gibt schlicht und einfach nichts, das keinen Preis hat, unser Ziel ist, immer weniger zu kaufen und immer mehr zu verkaufen, Sie haben wir für nichts gekauft, aber Sie werden sehen, wieviel wir aus Ihnen rausholen werden, Rendite, Wettbewerbsfähigkeit, Globalität, stehen Sie auf, gut so, und bedanken Sie sich demütig, Sie wissen, daß wir niemanden wirklich brauchen, jedermann ist ersetzbar, Sie wieder einzustellen ist ein Spiel, ein Vergnügen, es ist sehr amüsant mit anzusehen, wie jemand uns zu Füßen liegt, Ihnen schwirrt der Kopf, das wissen wir, Sie schwitzen, aber keine Sorge, es wird alles nach Plan laufen, Ihre Eltern werden stolz auf Sie sein, Sie werden sehen, wir haben Sie ja jetzt rehabilitiert, auch Ihre Frau erwartet Sie, wir sind Ihre Freunde, Freundschaft entsteht durch gemeinsame Interessen, denken Sie immer daran, wir sind ein Team, wieviel sind Sie bereit, uns von sich zu verkaufen, um das Geld zu verdienen, das zum Überleben nötig ist und das Sie uns rückerstatten werden, indem Sie unsere Produkte kaufen? Verkaufen–Kaufen, Kaufen–Verkaufen, alles dreht sich darum, halten Sie sich das vor Augen, man kann sich dem Markt nicht entziehen, und vergessen Sie das nicht, besser, man kann sich gut verkaufen, ein guter Verkäufer weiß, wie er sich anziehen, bewegen, sprechen muß, schlagen Sie die Beine nicht übereinander, lehnen Sie sich nicht an, halten Sie sich gerade, vermeiden Sie das Wort ›Problem‹, tragen Sie nie Bermuda-Shorts oder kurze Hosen, guter Junge guter Junge guter Junge guter Junge guter Junge guter Junge.

21.

Und ich sehe zwei geflügelte, silberne Drachen, ihre roten Zungen rollen zwischen blitzenden Reißzähnen, oben, am Eingang zum Tempel, der leer ist wie die ganze Stadt. Riesige Gittertore, blau und schwarz von einer Seite, grün und lila von der anderen. Weiß die hohe Bogendecke. Weiß die Lampen in den Gängen des Todes. Und dann Reihe auf Reihe mit Haken, graue Haken aus Stahl, massiv, reglos, schwer, Aberhunderte von Haken. Die Schritte von zwei Frauen, die Gesichter verhüllt, die Hände schützend vor die Nase gehalten. Denn der leere Tempel ist voller Blut, der Geruch des Blutes und des Fleisches spritzt von den Wänden, vom Stahl, vom Boden, Kaskaden aus Blut und abgeschlagenen Gliedmaßen, Schreie, Entsetzen, Motorenlärm, blendendes Licht, und drumherum die Stadt, die immer weiter um sich selbst kreist, als hätte nichts eine Bedeutung, die vom transparenten Schein der Lampen beleuchteten, in regelmäßigen Reihen aufgehängten Viehkadaver, bereit, verkauft zu werden, zerfleischt, ausgeschieden.

22.

Was tust du? Ich atme. Wer bist du? Ich weiß es nicht. Wie heißt du? Ich erinnere mich nicht. Was tust du? Ich atme. Wer bist du? Ich weiß es nicht. Wie heißt du? Ich erinnere mich nicht. Was tust du? Ich atme. Wer bist du? Ich weiß es nicht. Wie heißt du? Ich erinnere mich nicht. Was tust du? Ich atme. Wer bist du? Ich weiß es nicht. Wie heißt du? Ich erinnere mich nicht. Ich erinnere mich nicht. Ich erinnere mich nicht. Ich atme. Ich weiß es nicht.

23.

Als ich ein Kind war, wurde mir immer gesagt: Alles wird gut, du wirst sehen. Als ich ein Kind war. Alles. Wird gut. Du wirst sehen. Am liebsten hätte ich nichts gesehen. Wäre ich noch ein Kind. Kind. Kind.

24.

Die Wörter rutschen aus meinem Bewußtsein und werden weggespült mit dem Schutt in dem Graben am Rand der Metropole, in den ich mich gelegt habe. Die Worte rutschen weg, mir bleiben fast keine mehr. Nicht mehr lange, und dieses ganze Bla Bla Bla hört auf. Dann wird jedes Ding wieder rein und perfekt sein. Es wird nichts mehr dasein.

25.

Nummer 72. Ich klingle. Ich warte. Sie öffnet die Tür. Sie sieht mich an. Wo bist du gewesen? Weiß ich nicht. Tritt ein. Ich trete rein. Hast du Hunger? Nein. Du bist unglaublich mager und blaß. Mir geht's prima. Was kann ich für dich tun? Ich möchte mich setzen. Setz dich. Ich setze mich. Hast du wirklich keinen Hunger? Ich habe gerade zu Mittag gegessen. Wenn du möchtest, kannst du die Waschmaschine benutzen, das Badezimmer. Nein, danke. Warum bist du hier? Ich gebe ihr keine Antwort. Du hast Glück, daß du mich antriffst. Ich sage nichts. Ich lebe nicht mehr in der Stadt. Auf dem Tisch steht eine Blumenvase. Ich bin aufs Land gezogen, zu einem Mann. Ich zähle die Blumen in der Vase. Willst du nicht wissen, wer er ist? Ich zähle die Blumen in der Vase. Jedenfalls steht das Haus zum Verkauf: Bis zur Übergabe kannst du hier wohnen. Es sind zwölf Blumen. Wenn sie weg ist, werde ich sie essen.

26.

Zerstöre. Die Teller an den Wänden. Zerstöre. Die Fotos auf dem Kamin. Zerstöre. Das Geschirr in der Küche. Zerstöre. Die Spiegel in den Badezimmern. Zerstöre. Die Leuchter an den Zimmerdecken. Zerstöre. Die Schranktüren. Zerstöre. Die Bettdecken. Zerstöre. Die Bücher in den Regalen. Zerstöre. Die Beete unter den Bäumen. Zerstöre. Den Duschvorhang. Zerstöre. Die Möbelschubladen. Zerstöre. Die Sessel im Wohnzimmer. Zerstöre. Kleider Pflanzen Fernseher Flaschen Gläser Stühle Vasen Blumen. Zerstöre zerstöre zerstöre zerstöre. Wände. Decken. Türen. Fußböden. Zerstöre.

27.

Ich sitze in der Küche auf dem Fußboden. In der Hand halte ich eine Scheibe Toastbrot. Draußen scheint die Sonne. Vor mir steht eine Reihe geöffneter Konservendosen und schaut mich an. Marmelade. Fleisch. Thunfisch. Erbsen. Sardellen. Es riecht nach Verfaultem. Ich hätte sie in den Kühlschrank stellen sollen. Ich schaue zum Kühlschrank, der umgekippt im mit Sesselresten übersäten Flur liegt. Ich sollte besser ein Fenster öffnen. Ich drehe mich zum Fenster hin. Öffne dich, sage ich zu ihm. Es gehorcht mir nicht. Ich werfe mit einem Stuhlbein nach ihm. Die Scheiben zerspringen, fallen herunter. Ich spüre, wie Luft in den Raum dringt.

28.

Vor ein paar Tagen ist der Fernsehschirm implodiert, trotzdem kommen aus der Höhlung der Bildröhre seltsame Bilder, Schatten, die sich still bewegen, durchs Haus wandern, die Treppe hinauf. Meine Hände sind mit einem braunen Film überzogen. Ich zähle die Bewegungen des längeren Zeigers von einem Punkt auf dem Zifferblatt der Uhr zum nächsten, eins, zwei, drei, vier, fünf, eins, zwei, drei, vier, fünf, und so weiter, im Kreis, sie fangen nirgendwo an, sie hören nirgendwo auf, nur eins, zwei, drei, vier, fünf, eins zwei drei vier fünf, in alle Ewigkeit, eine Sekunde frißt eine Sekunde frißt eine Sekunde frißt eine weitere Sekunde, die Zeit ist kannibalisch, ich beiße mir in die Hand.

29.

Ich habe geduscht. Lange habe ich unter dem Wasserstrahl gestanden. Eine Stunde vielleicht. Meine Haut ist ganz runzelig geworden. Dann habe ich mich in der Sonne trocknen lassen. Ganz langsam. In aller Ruhe.

30.

Und in der Sonne sind die Straßen jetzt voller Menschen, es ist Karneval, Tänzer, Clowns, Polizisten, in der Sonne Duft von gerösteten Maiskolben, Zuckerrohr, Kebab, Papayas, Mangos, in der Sonne ohrenbetäubende Musik, in der Sonne schwarze Verstärkergebirge, auf den Bürgersteigen, in den Gärten, in den Häusern, Reggae in der Sonne durch Fensteröffnungen, Techno in der Sonne gegenüber den Bäumen, Jungle in der Sonne unter einem gigantischen weißen Zeltdach, in der Sonne frenetisch zuckende Körper, in der Sonne Schwarze, Weiße, Mischlinge, Frauen, Männer, Kinder, Hunde, Millionen von Füßen in der Sonne, die auf dem Asphalt den Rhythmus stampfen, es ist heiß, es ist heiß, es ist heiß, das ist der Sommer in Rio de Janeiro, Brazil, in der Sonne Soundwellen, hochgereckte Arme, hämmernde Schlagzeuge, in der Sonne Wagen mit feiernden, schwitzenden Massen, menschliche Schlangen, die sich einen Weg durch die Straßen bahnen und sich unmerklich von Häuserblock zu Häuserblock weiterbewegen, in der Sonne Splitter von Menschen, die sich ab und zu wieder zusammensetzen, bevor sie verlorengehen, er war ein Junge, der zu den größten Hoffnungen berechtigte, o ja, getauft, gefirmt, Abitur, Examen, geradezu lebensversichert, in der Sonne Papierfetzen, Büchsen, Rauch, bunte Kostüme, in der Sonne weiß rot weiß rot weiß rot rot rot weiß weiß, die Drachen, die Haken, das Blut, zum Himmel und zur Erde hin geöffnete Gliedmaßen, im Himmel wie auf Erden, unser tägliches Geficktwerden gib uns heute, fick unsere Billigküchen, fick unsere Urlaubspläne, fick den Vater, die Mutter, den Sohn und den Heiligen Geist, fick Arbeitszeiten, Vorschriften, Gehälter, Gäste-WCs, Kraftfahrzeugsteuern, Betriebskosten, Gasrechnungen, FICK UNS UND UNSERE FICKER WIE AUCH WIR SIE FICKEN UND FICK DICH SELBST IN EWIGKEIT, AMEN, in der Sonne Lichter Flammen Töne Gesänge und die Hitze, die Hitze, über allem die Hitze, unerträglich, HAUT AB, IHR BASTARDE, ich verschlinge das Licht, Augen, die atmen, ich bin glücklich glücklich glücklich jetzt spüre ich es das ist das große Finale.

Dieses Buch wurde geschrieben in und dank London, Zürich, München, Stockholm, Turin. Besonderen Dank an: Pier Vittorio, Knut, Fjodor, Franz, Ernest. Supporters: Barbara, Walter, Ada, Elisabetta, Elena, Liz, Sabine, Gloria, Vincenzo, Francesca, Davide, Alessandra, GAP, Holly, Pauline, Mary, Al, Bert.

Sampling: Leftfield, Orbital, Underworld, Prodigy, Chemical Brothers, Sir Henry Purcell, Sex Pistols.

Giuseppe Culicchia im dtv

»Giuseppe Culicchia beschreibt ... unsentimental, lakonisch und genau, mit einer Sprache, die in Kürze und Prägnanz stark an den seligen Charles Bukowski erinnert ... bissig, zynisch, sarkastisch, gemein, politisch absolut unkorrekt, stellenweise bösartig, mit einem Wort: Klasse!«

Freie Presse

Knapp daneben
dtv 12616

Zwischen Gürteltieren, androgynen Nymphomaninnen, Space Invadors, House-Parties, Plastikköfferchen und verpaßten Traumfrauen ... Einer der komischsten und sarkastischsten Romane seit langem, bestechend durch seine lakonischen und genauen Porträts und Karikaturen. Giuseppe Culicchia ist die italienische Antwort auf Samuel Beckett, T. C. Boyle und Charles Bukowski. »Die muntere Jammerparade des italienischen Arbeitersohns Walter, der gern studieren, den Militärdienst verweigern und vor allem endlich mit einem Mädchen ins Bett möchte ... Ein Unglücksrabe – und ein Glücksfall für fröhliche Sommerlektüre.« (Der Spiegel)

Kommt gut
dtv 12617

Walter hat Karriere gemacht: Vom Hiwi einer exzentrischen, gürteltierbesitzenden Buchhändlerin hat er es zum Zeitungsverkäufer gebracht. In einer Videothek. Sein neuer Chef ist ein Marketingwörterbuch im Designeranzug, sein fettleibiger Kollege Supermario redet nur davon, Profimodel zu werden, und die Kunden nerven schon morgens um fünf. Einziger Lichtblick: Tatjana, die politisch korrekte Deutsche vom Goethe-Institut, die viel von Freikörperkultur hält ... »Das moderne Italien, das sich eifrig bemüht, Überproduktivismus mit Ultraliberalismus zu verbinden, ist ein Dschungel ... Hier geht es nicht mehr um Sein oder Nichtsein. Hier geht es nur noch ums Überleben.« (L'Express)

T. C. Boyle im dtv

»Aus dem Leben gegriffen und trotzdem unglaublich.«
Barbara Sichtermann

World's End
Roman · dtv 11666
Ein fulminanter Generationenroman um Walter Van Brunt, seine Freunde und seine holländischen Vorfahren, die sich im 17. Jahrhundert im Tal des Hudson niederließen.

Greasy Lake und andere Geschichten
dtv 11771
Von bösen Buben und politisch nicht einwandfreien Liebesaffären, von Walen und Leihmüttern...

Grün ist die Hoffnung
Roman · dtv 11826
Drei schräge Typen wollen in den Bergen nördlich von San Francisco Marihuana anbauen, um endlich ans große Geld zu kommen.

Wenn der Fluß voll Whisky wär
Erzählungen
dtv 11903
Vom Kochen und von Alarmanlagen, von Fliegenmenschen, mörderischen Adoptivkindern, dem Teufel und der heiligen Jungfrau.

Willkommen in Wellville
Roman · dtv 11998
1907, Battle Creek, Michigan. Im Sanatorium des Dr. Kellogg läßt sich die Oberschicht der USA mit vegetarischer Kost von ihren Zipperlein heilen. Unter ihnen Will Lightbody. Sein Trost: die liebevolle Schwester Irene. Doch Sex hält Dr. Kellogg für die schlimmste Geißel der Menschheit... Eine Komödie des Herzens und anderer Organe.

Der Samurai von Savannah
Roman · dtv 12009
Ein japanischer Matrose springt vor der Küste Georgias von Bord seines Frachters. Er ahnt nicht, was ihm in Amerika blüht...

Tod durch Ertrinken
Erzählungen
dtv 12329
Wilde, absurde Geschichten mit schwarzem Humor.

América
Roman · dtv 12519